集英社オレンジ文庫

それってパクリじゃないですか？ 3

〜新米知的財産部員のお仕事〜

奥乃桜子

本書は書き下ろしです。

CONTENTS

CHITEKI ZAISAN BUIN
NO OSHIGOTO

CHARACTERS

藤崎亜季 ■ふじさきあき
知的財産部（通称：知財部）に異動になったばかりの新米部員。デキる女性風の見た目と、中身とのギャップにコンプレックスがある。なにごとにも懸命に取り組む、真っ直ぐな性格。

北脇雅美 ■きたわきまさよし
新設されたばかりの月夜野ドリンク知的財産部に、親会社から出向してきた。弁理士で、理論派、有能。なにごとにも自分の意見をはっきりと持っている。

根岸ゆみ ■ねぎしゆみ
亜季の十年来の親友で、カフェ『ふわフラワー』の店員。『ふてぶてリリイ』という自身の靴ブランドを運営している。さっぱりとした性格で、いつも亜季のことを気にかけている。

熊井 ■くまい
元法務部で、現・知財部部長。包容力があり、ゆったりながら仕事のデキるタイプ。

又坂 ■またさか
虎ノ門にある巨大特許事務所の所長。バイタリティ溢れる、頼れる女性。

イラスト／U35

それってパクリじゃないですか？ ③

新米 知的財産部員のお仕事

CHITEKI ZAISAN BUIN NO OSHIGOTO

【0001】

文字と言葉がすべての場合と、すべてでない場合

今度こそ、ちゃんと書けていると言われる。そのはずだ。

亜季《あき》は自分に言い聞かせながら、書類を眺める上司を見つめていた。

上司かつ弁理士の北脇《きたわき》が確認しているのは、今さっき亜季が提出したA4用紙一枚である。いつもどおりライム色の椅子《いす》にゆったりと腰掛けて、ちょっと目を細めて文字を追っている。その瞳が左から右、上から下に動くのを固唾《かたず》を呑《の》んで見守りながら、亜季はふと思う。この数日、何度もまったく同じ光景を見て、まったく同じ緊張感を味わったような気がする。錯覚かな。

もちろん錯覚ではない。北脇がチェックしているのは、亜季入魂の『クレーム』と呼ばれる文章。権利の範囲を決定する、特許でもっとも大切な部分である。普段の出願では外部の弁理士が書いてくれるものだが、先日上司は「ためしに全部自分で書いてみて」と亜季に提案してきた。人が書いたものを読むばかりでなく、自《みずか》ら書くことで見えてくるもの

がある。手を動かして試行錯誤した経験があるかどうかは、これからの仕事に覿面《てきめん》に影響すると。

確かに、と亜季は思った。知財部員になってから数え切れないほど特許を読んできて、けっこうわかっている気になってきた。が、趣味のイラスト描きで得た経験がささやく。自分で一から文章を書いてみれば学びが多いのは間違いない。実際に手を動かしてこそ見えてくる、コツだのポイントだのがあるはずだ。

と、ほいほい乗ったのが運の尽きだった。

たった数行、数百字の文章。

それを直しては突き返され、また直しては突き返されて、これでなんと五度目である。

「なるほど」

北脇は紙を持ったまま、手首を机に置いた。どうやら読み終わったらしい。

「……どうでしょう」

「書きなおし」

「ええ、そんな！　今回こそはと気合いを入れて直したのに……」

「何度書きなおしたかなんて関係ないでしょ。求める水準に達していなかったらなにもしてないのと同じ」

厳しくももっともな一言に、亜季はぐ、とのけぞった。仰《おっしゃ》るとおり……いや頑張れ、わたし。

「だめな部分を教えてください。前回指摘をいただいた部分は全部書きなおしましたし、誤字脱字だってしらみつぶしにチェックして、形式の間違いも今度こそないはずです」

さすがに理由がわからねば納得できない。重箱の隅《すみ》をつつきまくる指摘に頑張って応《こた》えたのに。

「確かに今回は、発明の技術要素はきっちりと抽出されてるし、請求項の従属形式も問題なさそうだな」

「じゃあどこが悪かったんです」

「文章が悪い」

「文章？」

「たとえばここ。『10ppm以上300ppm以下の苦み成分Xを含むメロンを用いたゼリー』ってあるでしょ」

「はい」

「どういう意味？」

「それは……読んだとおりですよ」

「へえ、じゃあ訊《き》くけど、苦み成分を含んでいる――つまり苦いのは、メロンなの、それともゼリー自体なの、どっちなの」

ずばりと問われ、亜季はまたしても言葉につまった。

言われてみればどっちだ。『苦み成分Xを含むメロン』で区切るなら、メロンが苦い。しかし苦み成分を含んでいるのが『メロンを用いたゼリー』なら、ゼリーが苦いのは間違いないが、メロンは苦いとは限らない。苦み成分Xはゼリーに別途入れたのかもしれない。

北脇は険しい顔で、紙を持った手を小さく揺らした。

「特許の書類でこういうあいまいな文章を書くのは非常に困る。苦いのがメロンなのかゼリーなのかわからない文言《もんごん》なんて明確性違反で拒絶される可能性があるし、万が一特許されたとしても、権利範囲が不明確で面倒なことになるかもしれない。わかってるでしょ」

当然わかってるだろうな、という目で詰めてくる。はい、と亜季は小さくなって答えた。

「昔、切り餅《もち》の特許をめぐって侵害訴訟がありましたよね。まさに今わたしが書いたみたいなあいまいな文章のせいで、泥沼の裁判沙汰《ざた》になったことが」

有名な事件だから、さすがに亜季も知っている。

切り餅を焼くとき、単に四角く切っただけの状態で焼くと、思わぬところが膨らんで不格好になる。だが切り餅の表面や側面にあらかじめ切れ目を入れておけば、均一に形よく膨らむのだという。これは発明である。

この切れ目の発明に関する特許をめぐり、ふたつの企業が侵害か否《いな》かを争った事件がかつてあった。この特許には簡単にまとめると、

『餅の底面と上面ではなく側面に切れ目が入っている』

というような文言があったのだが、その解釈で揉《も》めまくったのだ。

この文言はふたつの意味にとれる。

まずは『底面と上面ではなく』という部分が、単なる側面を定義するための修飾語だという解釈。つまりこの場合は、『底面と上面ではなく』なる部分は削除したって意味は通るので、『側面に切れ目が入っている』という発明として解釈されるわけである。底面と上面に切れ目が入っていようがいまいが知ったこっちゃない。側面にさえ切れ目が入っていれば、権利範囲内である。

しかし別の解釈もある。底面と上面には切れ目がない、でも、側面にだけ切れ目があるんだよ、というように、底面と上面の状態まで定義しているふうにも読めてしまうのだ。そしてこちらの場合は、底面もしくは上面に切れ目が入っているものは、権利範囲から外れる。側面だけに切れ目があることこそがこの発明の肝《きも》である。

困ったことに、このどちらの解釈を取るかによって、この特許の権利範囲は大きく変わ

り、他社が特許権を侵害しているかどうかも左右される。それで最終的には、侵害・非侵害をめぐって二社がガチンコでぶつかりあう事態となった。このたった数文字をめぐって、どちらの解釈が正当なのか、訴訟の場で大論戦を繰り広げることになったのである。

「ほんの数文字の解釈で自社製品が守られるかが決まっちゃうんですよね」

どの単語がどの語句に作用するのか――なんてまるで国語の設問のようだが、特許の世界では莫大な損害賠償《ばいしょう》沙汰の結末すら変えかねない、重大すぎる問題なのである。

「そういうこと。権利範囲を決めるクレームの明確性はそれほど大切なんだ。特許の強みっていうのは、こうして発明を文章で、概念として権利化できることだけど、それは同時に難しさも伴《ともな》うものだ。僕らがあいまいなクレームを書いたが最後、大事なものを守れなくなってしまうかもしれない。だからこそ僕らは、誰が読んでも絶対に誤解を生まないように、きっちりと過不足なく発明を文章に表さないといけない。あえて書かずに想像させる小説みたいなのは言語道断だし、文章自体の解釈がわかれるようじゃ話にならない」

わかった？　と固く釘《くぎ》を刺されて、亜季はうなだれた。わかった、よくわかった。

「ということで再提出して」

「わかりました。では明日――」

「今日中に提出して」

「……明日じゃだめですか?」

スパルタな日程に、亜季は思わず尋ねた。そんな無茶な。

しかし返ってきたのは、めっぽう呆《あき》れた声である。

「なに言ってるんだ。明日は予定がつまってるでしょ。午前は九時から会議、午後は虎ノ門《とらのもん》に出張。書きなおす暇なんてない」

思わぬことを言われて、え、と亜季は瞬《またた》いた。

「出張は明後日じゃなかったでしたっけ」

みるみる上司の表情は芳《かんば》しくない方向に変わる。あれ、まさか違う?

上司の冷ややかな目つきを窺《うかが》うに、違うようである。亜季はそうっと自分のデスクに戻った。急いでパソコンでスケジュールを確認して、あ、と固まった。

スケジュールソフトの日付、一日ずれて眺めていた。

「藤崎《ふじさき》さん」

上司は胸の底から息を吐きだした。

「クレームの書き方で試行錯誤するのは構わない。だけどそういううっかりミスは、知財部員としては本当にいただけない。そろそろなんとかしてくれ」

厳しい指摘に、はい、と亜季は背を丸めるしかなかった。

「で、無事再提出できたの？」

ゆみの質問に、うん、と亜季は肩を落とした。

「北脇さんは帰っちゃったあとだったけど、一応は……」

退社後、休業日の『ふわフラワー』のテーブル席で、向かい合って座っている。亜季はいつものごとくはりねずみの『むつ君』を描いていて、ゆみもいつものごとく自身の鞄《かばん》ブランドの『ふてぶてリリイ』のニューラインナップを考えている。ただいつもと違うこともあって、年季の入ったゆみ愛用の色鉛筆の隣には、ちょっと変わった色が入った新品のセットが並んでいた。野原《のはら》審査官補とデートしたときに買ったそうだ。ふたりは順調なようである。いいな。

「一応ってどういうこと」

「北脇さんが会社にいるあいだには提出できなかったけど、その日中ではあったって感じ」

「残業した亜季としては期日どおりに提出したけど、定時後で、受けとってはもらってないってことか。それ、北脇さん的にはセーフなの？」

親友の鋭いご指摘に、亜季はスケッチブックの上でちょっと怒っているむつ君をしゅんと見つめた。

「今までは、こういう内々の課題とかレポートだったらセーフ扱いしてくれてたんだよね。だけど……近頃の北脇さん、細かなミスや期日にめちゃくちゃに厳しいから、アウトかもしれない」

というか間違いなくアウトである。ザ・冷徹上司と言わんばかりのあの表情を思い出し、亜季はブラックコーヒーに口をつけた。苦い。

「え、どうしたの。北脇さん、亜季にメロメロだったじゃん」

「メロメロって……そんなんじゃなかったよ」

「でもさ、とりつく島もない感じの厳しさじゃなかったよね。なんかあったの？」

「別になんにも。ただある日、とくにきっかけもなく、急にダメ出しが五倍くらい厳しくなって。……あとお菓子食べたり、ちょっと冗談言ったりみたいな愛想もあんまりなくなって」

「キャラ変更入っちゃった？」

「まあ、そんな感じ……」

「えーなんで？　亜季、ついこのあいだ言ってたじゃん。『思いを贈り合える理想の上司と部下になれたー』とかじゃっかん恥ずかしいこと」

「なんでかなんて、わたしが知りたいよ」

亜季はテーブルに突っ伏した。本当に教えてほしい。

特許庁での面接審査の日、北脇が上司として、惜しみなく愛情をかけてくれているのだと気がついて嬉《うれ》しかった。自分たちは上司と部下として心を贈り合っているのだ。それで充分満足できる。そう思った。

なのにそれから週末を挟んで月曜日、出社したら急ににこりともせずに宣言されたのである。

藤崎さん、今日からなあなあはやめよう。

僕も今まで以上に厳しくやることにしたから。

それからはもう、ずっとあの調子である。なんというか、今まではなんだかんだ年下の女性部下である亜季に対して、遠慮や配慮があったのだ。だがギアが一段あがった。些細《ささい》な間違いでも淡々《たんたん》と、ずばっと指摘がくるし、微に入り細に入り、もう信じられないくらい細かく訂正してくる。知財を扱う仕事にはそもそも、重箱の隅をきっちりと正確につつく能力が必要とはわかっているし、なによりいつまでもうっかりミスの減らない自分が悪い。自業自得ではある。だがミスの指摘の厳しさと引き換えのように、北脇のなんともいえない軽妙さまで失せてしまったから、亜季は正直悩んでいた。

亜季は、あの上司の取り繕《つくろ》った外面《そとづら》の隙間《すきま》に見え隠れする、クレバーさと生来の感情の豊かさが入り交じったやわらかさが大好きだったのに。

「北脇さん、もしかして『上司と部下として気持ちを贈り合う関係』なんて言われたのが嫌だったのかな。それで方針を変えたのかな……」

「そうじゃないとは思うけどなあ」抜け殻《がら》のような亜季を、ゆみはやれやれと眺める。

「もういっそ本人に訊いてみれば？　北脇さんはちゃんと答えてくれるひとでしょ」

「訊きたくない……」

「いやなんで？」

「知りたいけど、知りたくないというか」

「だからなんで」

要領を得ない亜季に肩をすくめていたゆみは、ふいにわかったような顔をした。

「そっか、さては亜季、はしご外されるのが怖いんでしょ。亜季のほうはいい関係になれたと思ってるのに、いざ訊いてみたら北脇さんのほうは全然そんなふうに考えてなくて、お前の勘違いだ、迷惑だって突き放されるんじゃないかって、心配ばっかり先走ってるんでしょ」

「そういうわけじゃ――」

「あのクソ男――瀬名《せな》のときみたいに、北脇さんに傷つけられるんじゃないかって。今の関係が維持できなくなるんじゃないかって」

　亜季は口をつぐんだ。答えられない。図星なのである。

　瀬名良平《りょうへい》。亜季の贈った心をぽいっと投げすてていった男。

「亜季さ」とゆみは頬杖《ほおづえ》をついた。「いいかげんあんなクズの仕打ちなんて忘れなよ。もう何年もまえなんだから」

「……うん」

　先日、望まぬ再会を果たしたとは言えなかった。同じ知財業界で働いている瀬名。押しつけられた名刺は、まだ鞄の底にある。早く捨てたいのに、捨てるために手に取ることすら怖い。目を逸《そ》らしていたい。

「だいたいさ、北脇さんが瀬名みたいなこと言うわけないじゃん。北脇さんって一度気に入って大事にするって決めたものは、ずっと手をかけて大切にするひとだし」

　革製品の扱い見たらわかるよ、とゆみは胸を張った。革というのは、持ち主がどれだけ手をかけているかが覿面に見た目に現れるものだから、日々革製品を扱うゆみには手に取るようにわかるらしい。

　なるほどな、と思いつつ、亜季は小さくつぶやいた。

「それはわたしだって、わかってるんだよ」

あの上司は、誰も彼もに心をひらく人間ではない。プライベートにも立ち入らせない。だがそれは、一度懐《ふところ》に入れたら深く愛情を注ぐことの裏返しなのだ。自分が大切だとみなしたものをちょっとやそっとで捨てたりはしないし、なんとか面倒をみようとする。『親友』である同期の南《みなみ》や、問題山積みの月夜野《つきよの》ドリンクのように。

それは亜季だって知っている。知ってるに決まっている。言ってはなんだが、今、北脇と誰より一緒にいるのは亜季なのだから。

だが。

「まあ、困ったらいつでも相談して。恋愛のことじゃなくてもなんでも」

ぱちん、とゆみは色鉛筆の缶の蓋《ふた》をしめた。これ以上踏みこまないよ、の合図である。さすがスーパーショートゆみ、と亜季はひそかに感謝した。踏みこむべきか踏みこまざるべきかの判断が絶妙だ。

「……ありがと」

「もうちょいなんか食べてく？　うちの店名物のアイスでも出そうか？」

それはいいなと思ったが、亜季は時計を見あげて断った。

「今日はもう帰るよ。そろそろお母さんを迎えに行かなきゃだから」

実は数日前から、母が亜季のアパートに泊まっているのである。

「あ、またお母さん来てるんだ。今回はどんな用事で？」

「編み物友だちと、自作の編み図の本を作って手作り市で売るんだって。その打ち合わせ。今も飲み会兼作戦会議に行ってるところ」

　父の定年を機にふたりで故郷に戻った母だが、長く住んだこの市に友だちは多い。それでちょくちょく帰ってきて、持ち前の行動力を発揮していろんなことをしているのである。

「へえ、相変わらずパワフルで、好奇心旺盛《おうせい》でかっこいいねえ。わたしもその本、ほしいかも」

「言っとく。ゆみがもらってくれるって聞いたら喜ぶよ」

「ぜひぜひ。でもあれだね、それじゃあ早く迎えに行かないとじゃない？　飲み会終わりにぴったり間に合わないと、お母さん、コンビニで迎えを待っちゃうでしょ？　で、大変なことになる」

　さすが付き合いの長いゆみはよくわかっている。「そうなんだよね」と亜季はジャケットに袖《そで》を通しながら嘆息した。

「お母さん、好奇心の赴《おもむ》くままにすぐよくわかんないもの買っちゃうから」

　亜季の母は明るく愛情深い人間で、亜季をのびのびと育ててくれた。だから亜季も妹も弟も、もちろん父も、家族みな母が大好きだ。

しかしそんな母にはひとつだけ、たいへん困ったところがある。あまりに好奇心が旺盛、かつ腰が軽くて物怖《ものお》じしないせいで、ちょっとでも興味を惹《ひ》かれたなにかに、安易に手を出すのである。その『面白そう』が人なら、たまたま電車で隣に座っただけの人物にも信じられないほど簡単に声をかける。物ならばさらに大変で、謎の通販雑誌に載っているあからさまに怪しい商品であっても、とにかく購入して試さないではいられない。

さすがにコンビニにはおかしなものは売っていないが、母の好奇心は常識を超える。役立つものしか売っていないはずのコンビニですら、興味をがんがんに刺激されて、とんでもないなにかを購入したりする。

「大丈夫、今から出れば、飲み会終わりには余裕で間に合うはず」

すくなくとも母がコンビニのレジを通るまえに合流できる。と思いつつもそわそわと立ちあがったところで、亜季は動きをとめた。

「……どうした？」

「スマホにお母さんから写真が」

嫌な予感に顔をしかめつつ確認して、思わず額《ひたい》に手を当てた。

どうした、と覗《のぞ》きこんだゆみが、あーとつぶやく。

「遅かったか……」

スマートフォンの画面には、母が送ってきた写真が表示されている。

コンビニの明かりの前で、まさに今購入したらしきぱんぱんに膨れた買い物袋を手に、満面の笑みを浮かべた自撮りだった。

「だって、真空パックされた服が売ってたんだよ？　それも下着や靴下、ズボンもＴシャツも靴まで！　服を真空パックする意味ってある？　ちょっと小さくなったって、絶対広げたらしわしわじゃないの。それともしわしわにはならないの？　わからないでしょ、気になるでしょ。そしたらもう、買うしかないじゃない。こんなの買ってくださいって言ってるようなものだし、買ってみたいじゃない」

「面白いけど」と亜季はハンドルを握りつつ肩を落とす。「そんなにたくさん買わなくてもよかったんじゃないの。服なんて、家にいっぱいあるでしょ」

「大丈夫、ちゃんと全種類ひとつずつしか買ってないから」

「いやそういう意味じゃなくて、なにもトータルコーディネートできるほど買わなくても、たとえば靴下だけとかでよかったじゃない」

「生地が違ったら皺《しわ》具合は違うでしょ」

「それはそうだけど……」

亜季は苦笑した。この母、感情で突っ走っているようで実は理屈が通っているから、なんとなく納得させられてしまう。まあいっか、今回は服であるだけ全然ましだ。なんといってもちゃんと使える品である。

「それでお母さん、どうなったの？　編み図本の進捗《しんちょく》は」

気を取り直して尋ねてみると、よくぞ聞いてくれましたとばかりに母は胸を張った。

「みんな自信作の編み図を用意してた！　もちろんお母さんもね。てわけで中身については順調以外のなにものでもなかったんだけど、表紙で揉めてね」

「表紙？　なんで？」

「だってほら、みんな自分の作品で表紙を飾りたいじゃない。でも表紙にはインパクトが重要だから、全員分なんて載せられない、ひとつかふたつが限度よ。それでもう揉めて揉めて。最後には取っ組み合いの喧嘩《けんか》になっちゃって」

「え」

「ていうのは嘘《うそ》だけど」

「嘘なの？」

どっちだ。亜季は悩みながらハンドルを切った。母の編み物サークルは、母と同じくキャラの濃い強者が集まっているから、取っ組み合いもありえなくはない気がする。

「とにかく採めたから、こう決めたわけ。表紙は誰の作品も載せずにネットから綺麗《きれい》なイラストを借りてこようって。こう、青空がさあって広がって草原がぶわーみたいな、クオリティの高いイラストをね」

「そんなてきと……いや、無難なのでいいの？」

「全然オーケー。むしろ表紙のイラストが綺麗なら、内容も立派だと勝手に思われて手に取ってもらえそうじゃない？」

　いわゆる『パッケージさえよければ中身はどうでも売れる』理論か。あながち間違ってはいないが、それでいいのかと思わないでもなかった。が、「最高の案でしょ」と母が満足げなので、亜季は突っこまないことにした。

「一応言っておくけどお母さん、綺麗だからって、適当にネットで検索して出てきたのを勝手に拝借しちゃだめだからね。イラストにも権利があるんだから」

「わかってる。ちゃんとみんなにも自慢しておいたから。うちの亜季、こういう権利まわりの専門家なのよって。みんな驚いちゃって驚いちゃって」

「専門家ってほどじゃないよ！」たいそう自慢げな母に亜季は慌《あわ》てた。「まだ全然半人前だし、今日だって……上司をがっかりさせて、絞られちゃって」

　いいかげんどうなのか、と真剣に苦言を呈《てい》されてしまった。それだけではない。亜季とそういうやりとりをしたあと、どこか物思いに沈んだような顔でパソコンを見つめていた。

あんな顔、今までしていただろうか。

「……もしかして、上司とうまくいってないの？」

まさに気にしているところを切りこまれて、亜季はぴんとハンドルを握る腕を伸ばした。

「まさか全然！　順調だよ順調」

「でも――」

「えっとお母さん、イラストを探すときはね、ちゃんとしたサイトを使うといいよ」

亜季は早口で押し流した。心配させるわけにはいかない。

「ちゃんとしたっていうのは、『商用利用可』って規約に書いてイラスト素材を配布しているところね。そういうサイトなら著作権まわりもきちんとしてて、あとで無断使用だのなんだの面倒は起こらないから」

「……わかった、ちゃんとした素材サイトね」

「あ、でも明日、一応上司に訊いてみるね。わたしよりずっと詳しくて、弁理士っていう専門の資格も持ってるひとだから、法律的にしっかりした答えをくれると思う」

なるほどね、と言ってから、助手席の母は窺うように亜季を覗きこんだ。

「その上司――」

「その資格もちの上司、亜季にとってどういうひと？　尊敬できるひと？」

「もちろん！　熱意があって、すごく親身になってくれる上司だよ」

慌てて答えてから、亜季は小さな声で付け加えた。

「……尊敬してるよ」

すくなくとも亜季は尊敬している。隣に並べる人間になりたいと願っている。いろんな意味で。

母は数度瞬くと、「だったらよかった」とにっこりとした。

翌朝、亜季はいつもよりも一時間以上は早く起きた。母が早起きだから、狭いアパートではどうやっても一緒に起きてしまうのが理由のひとつ。もうひとつは、出社するまえに駅に寄って、今日の出張の切符を引き取ってこなければならない。

「わたしと上司のぶんと、それからお母さんのぶん。ネットで予約してから行こうかな」

おもちゃみたいなコタツ机に向かい合って座り、母が昨夜しこたまもらってきた『埴輪《はにわ》のハニーパン』を食べながら亜季は言った。

『埴輪のハニーパン』は母の古くからの友人である美紗《みさ》ちゃん（苗字は知らない）の商店

が作っているもので、三十年前から変わらぬレトロなパッケージと味を醸《かも》しだしている。ものすごく甘いわりに後味は悪くないものの、こどものころから飽《あ》きるほど食べているので、亜季は大人になってからは敬遠気味だった。

でもこのごろはまたちょっと気になってきた。というのもレトロなパッケージの裏面に、『新製法で鮮度アップ！　製法特許　第２５ＸＸＸＸ号』と、特許をとった製法を使っている旨《むね》が記載されているのに気がついたのである。

そっか、このパンも、美紗ちゃんたちの汗と涙の結晶の上にこの甘さを叩きだしているんだな。そう思ったら同志のように感じてきてしまう。埴輪のハニーパンに幸あれ。

とまあそれはともかく、上司のぶんまで切符を手配するという情報に、母は穏やかでない表情を見せた。

「上司のぶんまで亜季が買うの。やっぱりいじめられてる？　パワハラってやつ？」

「違うって」

それは誤解である。

北脇の切符まで購入しているのは、雑用を押しつけられているとかではまったくない。そもそもあの上司は本来、新幹線の切符なんてプライベート気味なものは自分で手配しないと嫌なタイプなのだ。だが、できれば並びの席に座りたいので手配を任せてもらえないかという亜季の頼みを聞きいれて、ふたりで上京するときの乗車券と指定席特急券を亜季がまとめて用意するのを受けいれた。

「わたし、仕事のために勉強しててね。でも自分ひとりじゃわからないことも多いから、新幹線で移動中に上司にいろいろ教えてもらってるんだよ」

「ふうん」

　母はいまいち信じていないようだが、事実だった。近頃亜季は、知財関係の資格検定や特許検索競技大会への参加といった、知財部員としての力を磨く資格なり行事なりに積極的に挑戦してみようとしている。以前は気持ちが一番大事、気持ちさえこもっていればバットの振り方はなんだって構わない――などと考えていたのだが、考えを改めた。北脇のように、技術あっての、理屈が通ってこその情熱なのだ。ただがむしゃらにバットを振りまわしさえすればいいだなんて甘い考えに逃げていては、結局プロフェッショナルになんていつまで経《た》ってもなれない。北脇の隣には並べない。

　だから今一度、基礎に真っ正面から取り組んで、丁寧に知識を積み重ねようと頑張っているのである。

「頑張っているのはすばらしいことね。でもお母さん、やっぱりパワハラじゃないか心配なんだけど――」

「大丈夫だから！　とにかくわたし、お母さんの切符も買うね。何時の新幹線に乗る？　朝の九時くらいで大丈夫？」

　母も今日で群馬を離れ、上京して亜季の妹や弟に会いにゆくという。亜季は母のぶんの切符も買ってあげるつもりだった。

　しかし。ハニーパンを頬ばりつつの母の返答に、亜季は顎《あご》が外れそうになった。

「お母さん、午後いちの新幹線に乗るつもり」

「え」

　午後いち？

「……いやでも早く東京に行ったほうがいいんじゃない？　せっかく上京するんだし、買い物とかできるし」

「それも考えたんだけど、午前中に美紗ちゃんとお茶することになったから」

「……ハニーパンの美紗ちゃんさん？」

　そう、と嬉しそうに答えた母は、そういえば、と目を瞬かせた。

「亜季も午後から東京に出張だって言ってたけど、もしかして一緒の新幹線――」

「いや違う、全然違うから！」

　思わず両手を振って否定した。が、大嘘である。

亜季が本日、又坂《またさか》国際特許事務所に向かうために北脇とともに乗る新幹線は、午後一番の便。なんと母とまったく同じだ。

「えー残念。もしかしたら、亜季と一緒に東京に行けるかもって思ったのに」

「いや全然違う時間だし、そもそも仕事中で、それに上司も一緒で」

「亜季をいじめてるうえ、パワハラまでしてくる上司ね」

「だから違うって」

「ふうん」

まずい。本当にまずい。亜季は冷や汗をかきはじめた。このまま同じ新幹線に乗ることになれば、母と北脇が鉢合わせしてしまう。好奇心旺盛な母は間違いなく北脇を質問攻めにするだろう。それも『亜季をいじめるけしからん上司』として。

大惨事である。絶対に避けねばならない。

しかしどうすればいいのだ。新幹線の時間は見事にバッティングしているし、変更なんて頼もうとすれば、母も北脇もすごい勢いで『なんで？』と尋ねてくるに違いない。だったら。

困ったあげく、亜季はなんとか苦肉の策を捻《ひね》りだした。

仕方ない。お互いの乗る車両をうんと離そう。母は六号車、自分と上司は十号車くらい。

そうすれば、駅の構内で鉢合わせない限りセーフだ。

よし。

起死回生の一手が見つかるや、亜季は自分と北脇、それから母の切符をそれぞれネットで購入して、何食わぬ顔で母と一緒に家を出た。

発券のために訪れた朝の前橋《まえばし》駅は、高校生で溢《あふ》れている。若さをかきわけ自動券売機に向かいながら、亜季はそれとなく母にこの場を離れてもらおうとした。

「わたし喉渇《のど》いちゃったから、飲み物買ってきてもらってもいい？」

さすがに切符発券の場に居合わせたら、同じ時刻の新幹線に乗ると気づかれてしまう。

「飲み物？　会社に行けばいくらでもあるでしょ。なんで今わざわざ」

母は至極もっともな突っこみを繰りだしてくる。怪しい商品をぽんぽん買うわりに、こういうところは鋭い。

「えーと、ときには他社のお茶を飲んで、勉強しよっかなって」

苦し紛れの言い訳に、ああそういうこと、と母はうなずき胸を張った。

「そういうことなら他社商品、目についたの全種類買ってくるから」

「一本でいいよ！　あとお母さん、自販機で買ってね！　売店に行って他の変なものまで買わないでね！　とくに怪しい通販雑誌は！」

「わかったわかった」

まったくわかってなさそうに言うと、母は高校生の合間を抜けていく。

大丈夫かな。

亜季ははらはらとした。

好奇心のままにさまざまな商品を試さずにはいられない母がなにより大好きなもの。それが怪しい商品ばかりが載っている、『便利ジャンキー』なる通販雑誌だ。もう強烈で、誰が見ても不審な商品しか載っていない雑誌なので、父など警戒してしまって、今回の旅行でも『便利ジャンキー』だけは母さんに近づけるな、と厳命されている。

不安である。

しかし背に腹は代えられない。とにかくこの隙に、急いで切符を発券しなければ。亜季は自動券売機の画面を手早くタップして、まず母の切符を、次いで北脇と自分のぶんの発券ボタンを押した。予定どおり、母は六号車、自分と北脇はうしろの十号車。

母はまだ戻ってきていない。よかった、なんとかばれずにすみそうだ――と『発券しています』と繰りかえすアナウンスを耳にほっとしていた亜季は、ふと眉間《みけん》に皺を寄せた。

さすがに飲み物を自動販売機で買うだけにしては遅すぎないか？

はっと売店に目をやり青くなる。ちらりと見えた母は、目一杯に物がつまった買い物カゴを左手にさげ、右手を雑誌コーナーに伸ばしているではないか。

ちょっと待った。亜季はようやく吐きだされた切符を急いで回収すると、母の切符も全部まとめて握りしめて駆けだした。

「待ってお母さん！　これでもうお会計しよう。わたし払うから」

「でもまだ雑誌が——」

「そうなんだけど、そろそろ行かないと会社遅刻しちゃうから」

なんとか言いくるめて、今にも手に取ろうとしていた『便利ジャンキー』から遠ざける。セーフ。危なかった。

そのままレジへと直行して会計をすませ、後ろ髪を引かれている母に、ついさっき発券した切符を渡した。

「はいこれ、乗車券と特急券、二枚ね」

一枚は乗車券、もう一枚は特急券。間違いない、よし。

とかやっているうちに、本当に遅刻すれすれの時間になってきてしまった。

短い別れの挨拶《あいさつ》を交わし、「じゃあ気をつけて。またね」と駆けていこうとする亜季の背を、母はぽんと叩く。

「仕事、頑張って。お母さんはいつも応援してるから」

亜季は振り返り、笑みを返した。

「それで時間ぎりぎりに滑りこんできたわけだ」

始業のミーティングが終わるや、北脇は自席で午前の会議の資料を眺めつつ言った。

「すみません……」

「間に合ったのに謝る必要はないでしょ。にしても親御さんが来てるなら言ってくれればいいのに。せっかくの機会に娘が残業じゃあな。業務を調整したのに」

「大丈夫ですよ。母、毎日のように友だちと食事会に行ってましたし、実は三カ月に一回は来てるので」

「仲いいんだな」

「そんな別に、いたって普通の親子ですよ」

「自分たちが普通の親子関係だと思える時点で、すでに仲がいいんだよ」

「変な言い方しますね。北脇さんにはご自身の親子関係、普通って思えないんですか？」

ろくに考えずに軽く尋ねたあとで、やらかしたと思った。そんなプライベート中のプライベートを尋ねるのは失礼だ。

しかし意外にも、北脇はパソコンをひらきながらあっけらかんと答える。

「まったく思えないな。両親は僕が出向中だってことも知らないだろうし」

「え……寂しくないですか」

「とくに寂しくはないんじゃないか。学業も仕事も親孝行も、なにをさせても優秀な兄がいるから」

北脇は思い入れも感慨もなさそうに言う。亜季はなんと返せばいいかわからなかった。

そっちじゃない。両親ではなく、北脇が寂しくないかと訊いたのだ。

しかし北脇はさっさと切り替えて、亜季のとじたままのノートパソコンを指差した。

「昨日提出してくれたクレームについてメール送ったから。確認してくれる？」

「あ、はい！」

定時後に提出したあれ、もう見てくれたのか。さすが北脇、なんだかんだいってやさしい――と感動しながらメールを見て、亜季は青くなった。


『定時後の提出は受けとれません。再提出してください』


メールの文面はそれだけである。

あんぐりと口をあけて上司を見やると、「当然でしょ」と冷ややかな声が返ってきた。

「特許だの商標だのの書類の提出や応答の期限は、厳密に守らなきゃいけない。そんな仕事をしているのに、なぜ上司に『今日中厳守』と言われたものが、定時のあとでもいいと思うんだ。ちょっと甘いんじゃないか」

言葉もない。亜季はうなだれた。

まったく仰るとおりである。対外的に出す書類に、期日遅れは許されない。すこしでも間に合わなかっただけで、必死の仕事の成果はゼロになる。なにもしなかったのと同じだ。ならばたとえ上司に見てもらうだけの書類だって、時間厳守であるべし。

と思う一方で、釈然としないところもある。これは別に対外的な書類ではない。今までの北脇だったら、自分が帰ったあとでも亜季が仕事をしている以上『今日』だと言って、定時後の提出も受けいれてくれていたではないか。

「……なにか文句あるの」

「いえないです、でも」

「でも？」

「……今までは、定時後でも構わないって言ってくださってましたよね」

「構わないとは言ってない」

「ですけど……今日みたいに突き返したりはなかったですよね。どうして急に」

「厳しくやるって言ったでしょ」

そもそもそれがなぜなのだ。

亜季は両手を握りしめた。軽く尋ねようと思ったのに、心臓が痛い。血の気が引いて、軽く目眩《めまい》がする。机の下に置いた鞄の底から、瀬名の笑い声が響いている。

「もしかして、わたしを――」

急にドアがひらいて、本社から朝イチで呼びだされてビデオ会議に臨んでいた熊井《くまい》が顔を出した。

「北脇君と藤崎君、ちょっと今いい？」

亜季は口をつぐみ、北脇が一瞬の間を置いて答える。

「どうしました」

熊井は会議用机へ足を運び、ふたりにもそこへ着席を促《うなが》した。亜季と北脇は目を見合わせて、それからそれぞれうなずいた。

ふたりが席につくと、さっそく熊井は切りだした。

「実はね、特許を買い取らないかって申し出が来たんだよ」

買い取り。亜季は思わぬ話に目を白黒させる。一方の北脇は冷静に尋ねた。

「どこの会社のどのような特許ですか」

「今宮《いまみや》食品って知ってる？　大手のＯＥＭを担《にな》ってる小さい食品メーカーなんだけど。そ
この緑茶関係の死蔵特許だそうだよ」

特許とは技術の結晶。会社を守る盾であり鉾《ほこ》。

とはいえ一度手に入れたら後生大事に抱えているわけでもない。会社にとってはあくまでビジネスのための道具だから、ライセンス契約しての権利の貸しだしや、売買すらもごく一般的に行われる。使っていない特許にも維持コストがかかるから、活用性――つまりは自社で実施して事業に用いたり、他社への牽制《けんせい》として保持する戦略が有効だったりといった可能性――が低い特許は、放棄・売却して整理するものである。陣地を確保するのは大切だが、遊ばせておくのなら意味もないわけだ。

今宮食品が月夜野ドリンクに『買わないか』と言ってきたのも、そういう整理の対象になった死蔵特許のようだった。

熊井は書類の束を北脇と亜季に渡した。

「僕もまだ全然確認できてないけど、今宮食品が売りたいって言ってきたのは、緑茶の苦み成分に関する特許みたいだよ。お茶の苦みにコクとキレを付与する技術らしい」

資料をさっそく確認しはじめる北脇の隣で、亜季は熊井に尋ねてみる。

「苦い緑茶といえば月夜野ドリンクだから、うちなら特許に価値を感じて買い取ってくれ

ると思ったんでしょうか」

「そうかもね。今宮食品、近頃飲料事業から撤退しちゃったし」

今宮食品は、緑茶の苦みをよりよいものに改良する技術を開発し、特許もとった。しかし経営判断かなにかで飲料事業から手を引くことになり、せっかくの特許技術が宝の持ち腐れ状態に陥《おちい》った。それで、月夜野ドリンクに売買を持ちかけた。

熊井はそういう、一般的な知的財産の取引を想定しているようだった。

しかし北脇は、特許公報をちらりと目にするや言った。

「ちょっと待ってください。この今宮の特許には見覚えがありますね」

「見覚え?」

「ええ。我々の『緑のお茶屋さん』といえば、癖になる苦みが特色。確か数年前のリニューアルでは、よりコクと切れ味を押しだした製法に変更しましたよね」

長く売っている飲料も、時代時代で味はすこしずつ調整される。『緑のお茶屋さん』も数年前に、製法を含めて大きなリニューアルが行われた。

「そして今日打診があった特許も、コクと切れ味を高める技術に関するものです」

「……似ているね」

「はい。実は以前精査したことがあるのですが――」

北脇は書面から目をあげた。

「我々の『緑のお茶屋さん』は、この今宮食品の保有する特許権を侵害している可能性が高いとみています」

あまりにさらっと言うので、亜季はしばし絶句してから、思わず腰を浮かせた。

「それってつまり……この特許を、うちが侵害しちゃってるってことですか？　まずいじゃないですか！　『緑のお茶屋さん』は看板商品なのに」

今宮食品がもし侵害の事実に気がつけば、月夜野ドリンクの命とも言える『緑のお茶屋さん』は最悪販売中止の憂《う》き目に遭うし、損害賠償請求だってされるかもしれない。会社そのものが揺らぎかねない、大変な事態である。

しかし右往左往する亜季をよそに、北脇は至極冷静だった。

「当然だけど、ちゃんと対策済みだよ」

え、そうなのか、いったいどんな策を――と尋ねようとして、上司の見定めるような、なんとも厳しい視線とかち合った。あの目、『まさか忘れたの？　まえにも同じようなことがあったのに』と言っている。間違いない。

「待って！　待ってください！　わかります、無効鑑定ですよね！」

慌てて答えれば、「そのとおり」と北脇は目を伏せる。よかった。

「だけど一応説明してみてくれる」

望むところだ。亜季は息を吸う。

「確かに『緑のお茶屋さん』は、この今宮食品の特許を侵害してるかもしれない。でも大問題にはならない可能性が高い。なぜなら北脇さんはすでに、この特許を無効にできるって鑑定をもらってるんですよね」

他社の特許を侵害しているとなればおおごとである。相手の特許につけいる隙がないのなら、最悪の場合販売中止、最低でも和解金を払ったうえでクロスライセンスの道を探るか、自社の商品の仕様を変更するしかないだろう。

だが相手の特許がそもそも特許に値《あたい》しない可能性が高いという証拠――無効鑑定を用意できれば、自社商品の仕様を変更する必要などない。万が一、相手に侵害を気づかれたとしても、堂々と『あなたが侵害されていると主張している特許、それって無効じゃないですか?』と攻勢しかえすことができるのだ。

「一般的な企業だったら、一足飛びに訴訟を起こさず、警告書の段階で協議を受けつけますよね? そして協議の席でこちらが無効鑑定を持ってると知ったら、訴訟ではなく和解ベースでことを収めようとするんじゃないかと思うんです。だってこちらが無効鑑定を持ってるっていうのはつまり、もし訴訟にもちこんだとしても、そもそも特許がなくなっちゃう恐れがあるし、どちらが勝つか不透明ってことですもんね」

「そういうリスクを背負うよりは、相手企業も妥当なところで、我々の提示した和解条件を検討してくれるはずだと」

「はい」

　無効鑑定さえあれば、訴訟に至るよりまえに決着がつく可能性も高いはずだ。

「おおむね合っているな」

　と北脇はすこしだけ声音《こわね》をやわらげた。亜季は単純なので、少々安堵《あんど》した。よかった。やっぱり北脇さん、わたしのこと嫌いじゃないかもしれない。もちろん部下として。

「ああ……そういえば北脇君、着任したころにやってくれてたね。さすがだねえ」

　熊井も思い出したのか表情をゆるめる。

　どうも北脇は着任後すぐ、発売中の商品が他社特許を侵害していないかひととおり調べていたらしい。そして今問題となっている今宮食品の特許権を『緑のお茶屋さん』が思いっきり侵害している可能性に気づいて手を打っていた。

　確かにさすがである。さすがとしか言いようがない。着任早々の、あのなんでもひとりでこなしてめちゃくちゃ忙しかったころに、こんな仕事まで扱っていたとは。

「ありがとうございます。とは言っても面倒事に至る可能性も出てきたわけですから、念のためこちらの証拠となる文献を改めて精査したうえで、又坂先生はじめ複数の外部機関に鑑定していただいたほうがよいでしょうね」

北脇は、称賛なんて別に気にも留めてませんみたいな態度でクールに受け流す。本当は嬉しいだろうに、ちょっとかわいいなと内心思ってしまいながら、亜季はふと気がついた。

「あれ、でも今って警告書が来たわけじゃなく、売買を持ちかけられただけですよね？　面倒事というよりラッキーじゃないですか？　うちがまさに侵害してる可能性がある特許を、偶然買わないかって言ってくるなんて」

おそらく相手は、侵害されているかもしれないとは思いもよらないのだろう。単に技術領域が被っていて、買ってもらえるんじゃないかと思って打診してきた。まさしくラッキーな展開以外のなにものでもないではないか。相手が気づかないうちにしれっと購入して自社の権利にしてしまえば、もう侵害だのなんだのの問題には発展しないのだから。

しかし。

「偶然の申し出だとは思いたいけど」

熊井が歯切れ悪く答えるので、亜季は首を傾《かし》げた。え、偶然ではないのか。

「なにかおかしなところがあるんですか？」

熊井はすこし迷ってから、慎重に口をひらく。

「実はね、今宮食品の提示してきた買い取り価格、こちらの想定よりもはるかに高額なんだよ」

「……ふっかけられているんですか」

だとしたら、偶然とも限らなくなってくる。高値をつけたのは、相手はこのお茶の苦みに関する特許――『苦み特許』が、こちらがどうしても必要なものだと理解しているから。つまり月夜野が侵害していると悟っている証左ではないのか。

「とも限らない」と北脇が釘を刺した。「こういう特許の売買はそれほど頻繁《ひんぱん》にはされないし、はっきりした相場が定まってるわけじゃない。たとえば今宮食品は特許の売買がはじめてで、価格交渉する前提で、とにかく自分たちが売りたい価格を提示してきただけかもしれないでしょ」

「侵害されているとは気がついてない可能性もあるってことですか」

「そう。今はどちらとも言えない」

今宮食品の思惑は見えない。侵害されていると知っていて、高額をふっかけてきたのか。侵害を知らず、単にできる限り立派な値段での売り抜けを狙っているのか。

「とにかく」と熊井は話をまとめた。「先方への回答までは時間があるし、まずはこの特許をもう一度精査してみるのがよさそうだね」

　そうですね、と北脇もうなずく。

「特許技術について、製品開発部の高梨《たかなし》部長に照会します。今日、又坂国際特許事務所に伺うので、又坂さんにもよろしく頼んでおきましょう」

「そうしてくれるとありがたいよ」

　熊井と北脇が席を立ったあとも、亜季はひとり机に残ってメモを前に首をひねった。
・中小企業の死蔵特許の買い取り打診。
・ただし、信じられないほどの高額で。
・しかもその特許、うちの会社が侵害しているかもしれない。
・今宮食品の、狙いとは？
　謎は深まるばかりである。

「北脇君、ちょっと」

　口元に力を入れて考えこんでいる亜季の背後で、熊井が北脇を手招いたようだった。なにやらふたりは話をしている。

「あの件だけど、どうなりそう」

「とりあえず、先延ばしできないか打診しています。さすがに想定していたよりも早すぎて、僕としてもにわかには受けいれがたいので」

そっか、と熊井は息を吐く。

なんの話だろう、と頭の隅では思ったが、亜季はたいして気にも留めなかった。たぶん審査官への応答とかについてだろう。

午前中はあっというまに過ぎていった。会議が終わってすぐに上京のために会社を出る。北脇は、今宮食品に関する資料を準備してから新幹線の駅に向かうというので、亜季は一足先に移動して、改札の前で待っていることになった。

そして出発時刻の十分前。

改札そばで、『これから新幹線に乗りまーす』という母からのメールに返信しながら亜季はやきもきと首を左右に向けた。

新幹線には間に合うと言っていたけど、大丈夫かな、北脇さん。

母と上司が鉢合わせないですみそうなのはよかったが、こんなことなら北脇に、あらかじめ切符を渡しておくべきだった。

気が回らないな、わたし。

亜季は盛大に肩を落とした。また厳しく注意されるかもしれない。それか呆れられるか。

そういえばさっき、厳しくなったわけを訊けそうだったのに、結局タイミングを逸してしまった。もし尋ねられていたら、北脇はなんと答えたのだろう。

もんもんとしているうちに新幹線の発車まで五分を切って、いよいよ亜季は焦ってきた。しかしさいわいそのタイミングで、亜季の上司は姿を現した。

「よかった、間に合いましたね」

ほっと息を吐くと、同じく安堵の一言が返ってくる。

「なんとか。飯を買う暇はなかったけどな」

久々に聞いた気を許したような声に、あることないこと考えて萎《しぼ》んでいた亜季の心は瞬く間にしゃきっとした。

「わたし、おやつにするつもりだったパンを持ってるので、さしあげますよ。知ってます？　『埴輪のハニーパン』っていう……あ、これ切符です。お好きなほうどうぞ」

乗車券と特急券のセットを二組、両手にそれぞれ持ってさしだす。

「それはありがたい――」と北脇は笑いながら切符を見やり、一瞬怪訝《けげん》な顔をする。それからふいに笑みを消して、右のほうをとった。

「――行くか」

言うや亜季に背を向け、早足で改札に切符を通してゆく。

置いていかれそうになって、亜季は慌てた。

「もしかして『埴輪のハニーパン』、苦手だったりしますか」

「食べたことないから苦手とかじゃない」

「だったら」

「でも無理して分けてくれなくてもいい。藤崎さんのぶん、なくなっちゃうでしょ」

無理ではないと言いたかったが、北脇は全然振り返らないし、歩もゆるめない。なぜだ。

ますます頭がこんがらがりながら亜季は小走りになった。

「あの、わたしさっきおにぎり食べましたし、本当にさしあげても大丈夫なんです。ハニーパン、母がいっぱい持たせてくれて、ちょっと甘いですけどおいしくて……あの、北脇さん！」

なにを必死になってるんだろうと思ったところで、ようやく北脇は振り返った。物言いたげな顔で亜季を眺めてから、ときどき見せるいかにも取り繕ったような、ビジネスな感じでかすかに笑った。

「東京に着いたとき、まだ残ってたらもらう。じゃあまたあとで」

言うや亜季になど目もくれず、さっさとホームへ向かう階段を足早にのぼっていく。

「え、あとでって」

置いていくつもりかと焦る亜季に、北脇はホームの中程へ向かうエスカレーターを指差した。

「藤崎さんが乗る車両は、向こうのほうが近いでしょ」

「え？」

本当に意味がわからない。亜季と北脇は同じ車両の、並びの席に座るはずでは——

いや、ちょっと待て。

ふと嫌な予感がして、手元の切符に視線を落とす。印字された指定席の号車を確認した瞬間、さあっと血の気がひいた。

亜季の手元にあるのは六号車の指定席特急券。

母のためにとった、本来母が座るはずの席である。

この切符が亜季の手元にあるということは、本来亜季の座る予定の、北脇の隣の席には今——

「お母さんが座ってるってこと？」

とっさに階段を見あげたが、すでに上司はホームに消えようとしている。

亜季はうろたえ、盛大に頭を抱えた。

なんてこった。

致命的なエラーに正直パニックになりかけていたが、とにかく新幹線には乗らねばならない。亜季は冷や汗を垂らしながら、発車のアナウンスが流れはじめたホームに駆けあがり、最寄りの扉から飛び乗った。

それからデッキで右往左往する。どうする、とにかく東京に着いたら上司には素直に打ち明けるとして、問題は今このときだ。ふたりが、互いが亜季の関係者だと気がつかないようにしなければ。

母に連絡して、隣の男性には話しかけないように釘を刺しておこうか。いやむしろ逆効果に決まっている。だったら上司のほうに――と社用スマートフォンを取りだしたところで我に返る。やぶ蛇《へび》だ。せめて乗車中は、隣が亜季の母親だとは気がつかないでほしい。こんな予期せぬ邂逅《かいこう》で、敬愛する上司が大好きな母に悪印象を抱くようなことになったら、亜季はやっていけなくなってしまう。

ええい、と自分に言い聞かせた。仕方ない、こうなったら手の打ちようもないし、なんとか東京までの数十分、母が北脇に興味を持たないように願うしかない。まあ大丈夫だろう。……大丈夫かな。

残念ながら、あんまり大丈夫だとは思えなかった。そつがないようでものすごく変で、だからこそ魅力に満ちたあの上司に、母が興味をいっさい持たずになんていられるだろうか。まさか、ありえない。なんといってもこの亜季の母なのである。

ということでまたしても右往左往を続けた末、せめてふたりをこっそりと見張るしかないと亜季は結論した。自分のあずかり知らぬところでとんでもない会話が交わされていたら目も当てられないし、見張っていれば、いざとなれば身体《からだ》を張ってとめにもいける。

平身低頭、無理を承知で車掌《しゃしょう》に頼みこむと、意外とあっさり座席を変更してくれた。ありがたく礼を言ってそっと十号車に入る。平日だからなのか、車内に人はそれほどいない。見つからないよう背を丸め、抜き足差し足で進んで、並んで座る母と北脇を通路ごしに観察できる良席を無事ゲットした。

何食わぬ顔で座るやそっと盗み見る。

母は食事中のようだ。朝一緒に作ったおにぎりを食べている。発車後十分も経っていないし、さすがのこの母といえどまだ、隣に座るリーマンに話しかけてはいないようだ。よかった――と胸をなでおろしかけた亜季は耳を疑った。

「どう、おいしい？」

「ええ、とても味わい深いです」

「あら嬉しい。ちなみにおにぎりの具、なんだかわかる？」

「ザーサイと生姜《しょうが》ですね。意外な取り合わせですが、よく馴染《なじ》んでいて驚きました」

「正解！　やだ、すごい。はじめて食べたひとはたいがい当てられないのに。料理人でもしてらっしゃる？」

「まさか。見てのとおり、サラリーマンですよ」

よそいきの声だが楽しそうな母と、北脇のそつなくもうさんくさいビジネス相づち。

繰りかえすが、まだ発車して十分である。なのにすでにすっかり打ち解けたような雰囲気である。しかも北脇さん、お母さんからおにぎりもらってるし。わたしが『ハニーパン』をあげるはずだったのに——ではない。

どうしよう。亜季は再び頭を抱えた。いやどうしようもないのだが。

大丈夫だ、食事が終われば、まず間違いなく北脇は仕事を始める。母は好奇心の塊《かたまり》とはいえ、仕事中のサラリーマンに空気を読まずに話しかけるような人間ではない。

そうだよね、お母さん。

瞬きひとつせずに念じたおかげか、おにぎりを食べ終わった北脇は丁重に礼を言うと、亜季の願いどおりに鞄からモバイルパソコンを取りだした。よしよし。一方の母も、「あらお仕事？　頑張ってね。わたしも読書しようかしら」と雑誌を取りだしたようである。

これで会話は終わりだ、今度こそよかった。そう胸をなでおろそうとしたところでしかし、亜季は顔をしかめた。

母の取りだした雑誌、あれは禁断の『便利ジャンキー』ではないか。怪しい商品しか載っていない、母の好奇心をがんがんに刺激する、父が心底恐れる謎の雑誌。朝どうにか阻止したのに、結局買ってしまったのか。

そして亜季は、「今回も面白そうね」とご機嫌な母に別の意味でもはらはらしはじめた。

ほら、数ページめくったらもうなにかに目が釘付けになっている。亜季はそうっと首を伸ばして、母の手元を垣間見《かいま》る。座椅子の広告のようだ。ド派手な色の文字が躍《おど》っている。

特許出願済み！　スーパーツボ押し構造を搭載

どんな腰痛も改善効果あり！

終わった。もう見るからに怪しいではないか。どんな腰痛も改善する技術なんて、ただの座椅子に搭載できるとはとても思えない。

なのに母は完全に買う気になっている。「特許って書いてあるし、効果ありそうだし、お父さんにプレゼントしようっと」などと言いながら、スマートフォンでさっそく注文番号を打ちこもうとしている。

ああどうしよう、亜季は究極の二択に直面した。ここで声をかけずに母に意味不明なものを買わせて家族全員から責任追及されるか、声をかけて上司に母娘ともども白い目で見られるか。

　……いや、上司の白い目は甘んじて受けよう。うっかり切符を取り違えたのは亜季のミスだ。それに今はなんとしてでも目の前の惨事を避けねばならない。いざ注文、というもっとも楽しい局面に突入している現状、母をとめられるかはすでに定かではないが、やるだけやってみなければ。

　と意を決して、悲壮な決意とともに立ちあがったときだった。

「失礼ながら聞こえてしまいましたので。その商品の購入、今一度お考えになったほうがよいかと思いますよ」

　パソコンを見つめていたはずの北脇が、にっこりと母に声をかけた。

「あらどうして？」

　今にも嬉々《きき》として注文ボタンを押そうとしていた、もはやなにがあってもとまらなそうな母が存外あっさり手をとめたので、亜季は驚いた。いやでも当然か。母は今、怪しい座椅子より、急に声をかけてきた隣の男のほうが面白いと思っている。

「わたしが考えるに、その商品は紙面でうたうほどの効果を発揮しないのではないかと」

「どんな腰痛にも効くわけじゃないってこと？　でもこれはちゃんとしたものだと思うの

よ。だってここに『特許出願済み』って書いてあるでしょ？　特許って、きちんとした新しい技術にしかもらえないって娘が言ってたのよ。あ、うちの娘、特許に詳しくて」

　のほほんと言い放つ母に亜季は青くなったが、北脇はにこやかな笑みを崩さなかった。

「実は僕も少々特許には詳しいんです。そのうえで、娘さんの言っていることはおおむね正しいですよ。なかなかすばらしい娘さんをお持ちですね」

　ただ、と釘を刺す。「いくつか誤解があります。まずここに書いてあるのは『特許出願済み』、つまりは出願したという事実のみです。これは単に出願書類を用意して、特許庁に提出してあると示しているにすぎず、特許権を保持しているという『特許取得済み』の意味ではありません」

「……そのふたつは全然違うの？」

「ええ。出願自体は書類と資金を用意しさえすれば、誰にでもできるものなんです。東大《とうだい》入試に出願するのと東大に合格するのが、まったく違うのと同じです。これはいわば『東大入試挑戦中』とほぼ同じ位置づけです」

「なんとなくわかってきた」

　母はわくわくと目を輝かせた。「つまりこれ、さもすごい技術を使っている椅子に見せかけようとして『特許出願済み』なんて書いてあるのね。わたしみたいななにも知らないひとはそれを勘違いして、すごいんだって信じこんじゃうから」

「『出願済み』であるのは真実なので難しいところですが、そのように誤認させようという意図はあるでしょうね。なぜなら」

と北脇は座椅子の写真の下にある商品説明を指差した。


話題の特許製品、売り切れ間近！


「こちらには、はっきりと『特許製品』などと記載してしまっています」

「さも特許になってるみたいな書きようね」

「ええ、このようなあたかも特許権を得ているような記載は、特許法第百八十八条で禁止されている虚偽表示です。その一点をもってしても、この椅子をお買い上げになるのは再考なさるべきかと。ちなみにきちんと特許をとっている場合、『特許取得済み』とか、特許第〇〇〇〇〇〇〇号、または『特許』の英訳であるパテントからとって『ＰＡＴ．』などという表記がされている場合が多いですよ。デザインの権利である意匠も同様です」

「なるほどねえ」

と母は頰に手を当て納得の表情を見せた。その顔は勘弁してほしい、と亜季は頭を抱える。どちらかというと父似の亜季だが、考えこんでいる顔は母とよく似ているのだという。どこかで見たような……なんて上司が思わないとも限らない。

「だったら、こっちの商品はどう？」

そのあいだにも諦《あきら》めきれないのか、母は隣のページに載っている、シリーズ商品らしき普通の椅子を指差す。そちらはどうも、『どんな腰痛も改善効果ありのフルパワーツボ押し構造』搭載らしく、しかもなんとこの技術はすでに特許をとっているらしい。

「こっちは能書きどおり、どんな腰痛にも効くんでしょ？　特許取れてるものね」

だが北脇は即答した。

「いえ、おそらく効きません」

「効かないの？」母の目が丸くなる。またしても亜季そっくりの表情である。「でもこの『どんな腰痛も改善効果ありのフルパワーツボ押し構造』、特許になってるじゃない。どんな腰痛にも効くって認められたからこそ、特許になれたんでしょ？」

「いいえ、特許とは、その発明が与えるすべての効果を保証するものではないんです。万が一『どんな腰痛にも効く』という一文を出願書類のどこかに含んだまま、この発明が特許に認められていたとしても、それをもって『どんな腰痛にも効く』という証明にはなりません」

「……どういうこと？」

「特許庁は、発明が科学的に正しいかどうかを精査する場所ではないんです。特許庁の審査とは、特許法第四十九条各号の要件に照らして拒絶の理由がないかどうかを判断するにすぎず、出願書類に記された驚くべき効果が実際にあると担保するものではありません」

「つまり……どういうこと？」

　母は込み入った話を理解しきれず悩んでいるようだが、亜季は上司が言いたいことをなんとなく理解した。

　そう、世間の人間は『これはなんと特許技術である！』と言われると、従来技術では為《な》しえない画期的な効果や効能を持っているんだと思いがちである。

　だがそうとも限らない。

　たとえば『これはメロンを使わず完璧にメロン味を再現したジュースを作製する方法である』なる一文を含んだ発明が特許庁に認められて特許権を得たからといって、それはその製法で作ったジュースが、完璧なメロン味の再現である証明にはならない。

　特許庁はただ、書類上の不備がないかや、従来製法より新しく、発想に進歩があるかを純粋にジャッジしているだけで、『これ、完璧なメロン味を再現してるなんて書いてあるけど本当なのか？』なんて考えて味見したり、再現実験したりして裏付けをとる作業はしない。それは特許庁の仕事ではない。

特許とは、発明の権利範囲を定めるもので、発明のすべての効果が実証されているとお墨《すみ》付きを与えるものではないのだ。

だからもし亜季がその製法で忠実にジュースを作ってみても、実際はゲロまずだったということはおおいに起こりえるし、そういう場合、権利者が『これは特許で完璧なメロン味であると認められたジュースです！』などと特許を根拠に事実とは異なる効果をパッケージに書いて売りだしたら、景品表示法違反で行政処分を受ける可能性がある。まったくの嘘で消費者を釣っている、いわば不当表示になるわけだ。

「特許を利用して、本来の性能より優れたものと誤認させてはならないんです。優良誤認を強く防止する必要のある薬や化粧品などでは、そもそも広告に特許の記載をすること自体が基本的には認められていません」

「特許って書くだけですごそうに見えちゃうから？」

「はい。もちろん椅子であっても、こちらの雑誌のような書き方はどうかと思うんですが……なんなんでしょう、この雑誌」

ちらと記事を眺める北脇に、母は胸を張る。

「怪しい雑誌なのよ。こういうきな臭い商品ばっかり載ってて、面白いの」

さすがに亜季は嘆息を禁じえなかった。面白いのは確かだけど。

だが北脇の説明、もとい説得で、母はようやくこの怪しい椅子たちを諦める気になったようである。

「とにかくありがとうね、サラリーマンのあなた。おかげで、試すまでもないがらくたを買わずにすんだみたい」

「お役に立ててよかったです」

紳士的な北脇に、亜季も心のうちで感謝した。ほんと、ありがとうございます北脇さん。うちの家族みんなが泣いて喜んでます。

これでさすがの母も静かになるだろう。亜季は本当に今度こそ、ようやく、胸をなでおろそうとした。

しかしなでおろしきらないうちに、母はまたしても雑誌を手に北脇に話しかけはじめる。

「だとしたらこのコーヒー豆クラッシャーはどう？」

どうやら怪しい商品をためしに買うよりも、この謎のサラリーマンのよどみない知識を浴びるほうが面白い、ということに気がついてしまったらしい。よそゆき感は失せ、もう完全に亜季に対するのと変わらぬ調子で上司に話しかける。

「これは『実用新案取得』って書いてある。これって特許と同じ、画期的な技術っていう証明でしょ?」

「同じではありません。確かに実用新案も特許も新しいアイデアに与えられる権利ですが、大きな違いがあります。特許は、その発明が本当に特許に値するか、特許庁の審査官によって厳しく審査されます。ですが実用新案にはそのような審査自体がありません。つまり基本的には書類に不備がなければ、どんな発明であろうと出願しさえすれば実用新案と認められます」

「え、だったらとんでもない嘘っぱちでも、実用新案は取れちゃうってこと? こういう広告に、実用新案取得って書けるようになっちゃう?」

「原理的にはそうです。もちろんすばらしい発明が実用新案を取得している場合も多いですが、このように通販などで、さも高性能だとうたうように書かれている場合、よくよく精査するべきでしょう」

「たいしたことない張りぼてに箔《はく》をつけるために、実用新案でござい、ってしてるだけかもしれないわけね」

「究極的にはそういうあくどい用い方もありえます」

「だったらこっちの独楽《こま》は? 『特許登録済み』って書かれてるし、特許番号っていうのも書かれてる。これはさすがにまっとうよね? 新しい、すごい技術が使われてるのよね？」

「すくなくとも特許の審査がゆるいQ国では、新しく、非自明性が認められているのでしょうね。日本においてはおそらく、先行の技術と差はないかと」

「Q国？」

「この独楽が得たと主張しているのはQ国の特許なんですよ。特許とは基本的に国ごとに取得するものです。おそらくこの商品、日本では特許が取得できなかったために、Q国の特許をさも日本の特許だと誤認するよう書いているんですね」

「え、じゃあまたごまかしてるってわけ。でもどうして外国の特許だなんてわかるの。どこにも書いてないじゃない」

「特許番号の表記を見れば一目でわかりますよ」

その軽やかな返答に、母は目を輝かせた。

「あなたすごい！　じゃあこっちは？」

なんだか思わぬ方向に行ってないか、と違う意味で焦りだした亜季をよそに、母は『便利ジャンキー』を片手にぐいぐいと北脇を質問攻めにする。北脇も北脇で、見も知らぬおばさんに逐一《ちくいち》丁寧に答えている。いくらなんでもサービス精神旺盛すぎる。どうしちゃったんだ、と首をひねった亜季の脳裏に嫌な予感がよぎる。

まさか北脇さん、隣のひとの正体に気がついていたりなんかして……。

悩んでいるあいだにも、ゆったりと広がる赤城《あかぎ》山の美しい山容は遠ざかっていく。熊谷《くまがや》を過ぎ、大宮《おおみや》を過ぎ、建ち並ぶ家々の密度はみるみる高まってゆく。

そして、『まもなく上野《うえの》』とアナウンスが響いたところでようやく、母は至極満ち足りた面持《おもも》ちで『便利ジャンキー』の本をとじた。

「ありがとう。あなたのおかげで、この号には買うべきものがひとつもないってわかったし、楽しかった」

いやいや、買うべきものは一見してひとつもないから、と突っこみそうになる亜季をよそに、北脇もこころなしか満足げである。

「僕も非常に有意義な時間を過ごせましたよ」

その声にビジネスはあまり感じられなくて、本当に楽しかったのかもしれないな、と亜季は思った。このひとは、誰かに自分の知識が必要とされているときとても嬉しそうで、それからちょっと寂しそうな顔をする。

「お礼にこれあげる。もらって」

母は満を持して、美紗ちゃんの店謹製《きんせい》の『埴輪のハニーパン』を取りだした。

「これね、三十年くらいまえから美紗ちゃんちの看板商品でね。とっても甘くて、うちの娘なんて小さいとき、一生分食べちゃうくらいに大好きだったのよ。娘って、さっき言った特許の仕事してる娘のことね。あ、でも男性って甘い物苦手な方が――」

「ありがたくいただきます」

北脇は朗《ほが》らかに受けとって、それに気をよくした母の口はさらになめらかになった。

「ほんと？　嬉しい。そういえばその娘ね、すごいのよ。今度作る趣味の冊子の表紙に、綺麗な画像を使おうってことになったんだけど――娘がね、『もしイラストとか写真を使うのなら、ネットで適当なのを拾ってきちゃだめだよ。商用利用できる素材を配ってるところで借りないと』って。さすが専門家でしょ？」

「ええ、すばらしい判断ですね」

意気揚々と語る母に、北脇はちょっと笑って相づちを打つ。亜季は顔から火が出そうだった。お母さん、そのくらいの知識はいまどき、専門家じゃなくたって知ってるよ。

なんて思っているうちに、上司はスマートな仕草で『埴輪のハニーパン』の袋をひらく。え、もう食べるのかと亜季は驚いた。甘い物大好き男性代表として今すぐ挑みたくなったのだろうか。いやでもそれ、ほんとに甘いですよ、もらった手前全部食べなきゃだけど、大丈夫ですか……と心配しながら見ていると、ひとくち食べるや眉をひそめる。ほら、だから言ったじゃないですか。

しかし北脇は、すぐになんともいえない笑みを浮かべて食べ進めた。あれ、気に入ったのだろうか。

「どう？　そのパン」

「おいしいです。確かにがつんとくる甘さですが、後味はさっぱりしていて好みです」

たちまち母は舞いあがった。

「そうでしょ？　おいしいでしょ？　このレトロな袋も素敵でしょ？」

「ええ。ただこのパッケージは早急に変えねばなりませんね」

北脇は三十年間、一度も変わっていないであろうレトロな包装に目を向けた。え、と母は動きをとめる。

「……ださい？」

「いえ、デザインは素敵ですよ。ただ裏面に、『新製法で鮮度アップ！　製法特許　25XXXX号』と記されていますよね。これは違法な表記となります」

「違法？」予想だにしなかった言葉に、母は目をぱちくりとさせる。「なんで、どうして？　本当に特許をとった技術を使ってるのに」

亜季もとっさにはわからず母と同じ顔をしてしまった。どうして？

「正確には、『特許だった技術』ですね」

「どういう意味？」

「特許番号を見てください。2から始まっているでしょう。ちなみに現在最新の、登録されたばかりの特許は頭の数字が7です。このパンに用いられている特許技術と、五百万件ぶんはひらきがある」

　そこまで聞いて亜季は膝《ひざ》を打った。

　そうか、この特許は古すぎる。

　おそらくパッケージに記されている特許は、パッケージがデザインされた三十年ちかくまえに登録されたものだ。とすればすでに、登録期間満了により権利が抹消されて、かなりの時間が経っている。

　更新を続けてさえいれば半永久的に維持できる商標権とは違って、特許の有効期間は有限である。出願日から数えて原則二十年しか権利が主張できない。

　まさしく北脇は、この特許は失効していると断言した。

「いかに当時は革新的であった特許技術を用いていたとしても、失効してしまえばもはやパッケージに載せたり、宣伝に用いたりすることはできません。そのような表記は特許法で禁じられています。ですからまずは早急に、ご友人にパッケージを刷新し、すくなくともこの特許に関する表記を削除するようご忠告いただくのがよろしいかと」

「……普通にありがとうね。東京に着いたらすぐに電話しとく」

ようやくことの重大性に気がついて真面目な声で感謝した母に、「それから」と北脇は畳みかける。

「お作りになるという冊子に用いる画像をWeb《ウェブ》上で探す際ですが、もちろん娘さんのご忠告どおり、権利関係が明記された素材サイトで探すのが鉄則です。ですがもし、『著作権フリー』や『許諾します』とサイト上に明記してあるからといって、鵜呑《うの》みにして使うと痛い目を見る場合もあるのでご注意ください」

え、なぜだ。亜季は眉を寄せた。フリーではない画像を勝手に使ったトラブルはよくあるが、著作権がクリアだと明記されているサイトから借りてくるのなら、あとあと揉める可能性などないはずではないか。

「なぜ注意すべきかと言いますと――」

ふいに北脇が身体を動かしてこちらに目を向けた気がして、亜季はとっさに背を丸めた。

まさか気づかれた?

さいわい上司はスーツの上着に袖を通しているだけのようだ。いつのまにか新幹線は上野を発車している。

「――なぜかと言いますと、そのサイトを管理する人間が原著作権者でない場合があるからです。どこかの誰かの写真を勝手に素材サイトに載せて、つまり著作権を侵害している状態で、しれっと素材サイトを訪問する人には大上段から許諾を与えている可能性もないとはいえません」

ああそういうこと、と母はわかったようにうなずく。

「他人のものを掠《かす》めとって商売してるくせに、ひとには礼儀とか求めるタイプね」

「そんなところです。そしてもしそのような著作権を侵害している写真を知らずに利用してしまった場合、そのサイトの運営者だけでなく、なにも知らない使用者も罰せられる可能性があります」

「なにも知らないのに？　それは困るわ……」

「信頼のおけるサイトを用いれば大丈夫ですよ」

「どうやって信頼できるかどうか判断すればいいの」

「なにごとも、専門家の意見に耳を傾けるのが肝心です。写真やイラストなどを用いて商売をなさってる方、近くにいらっしゃいませんか？」

「商売ねえ」と考えこんだ母は、あ、と目を輝かせた。「いるいる、娘の同級生でね。革のバッグとかを売ってる子がいるのよ。リリイっていう、飼ってる猫のイラストをワンポイントにして」

亜季の顔から血の気が引いた。

さすがにこれは終わった。北脇も、この隣人の正体に気がつくに違いない。

だがおそるおそる、そうっと顔をあげて窺っても、北脇の表情にはとくに変わりない。

「それはよいですね」とさらっと話を進めた。

「ではその方にアドバイスをいただくのが確実でしょう。創《つく》る人生はすばらしいものです。うまくゆくよう願っています」

北脇はよそゆきの笑みを崩さなかったが、心から言ったのが亜季にはわかった。そしてその心は母にも伝わったのだろう。

「ありがとう。でも守る人生も素敵だと思う。わたしもね、あなたの人生がうまくゆくよう願ってる」

とやさしい声で返してから、茶目っ気たっぷりの声で続けた。

「それにしてもあなた、すごいのね。ただの会社員じゃあないでしょ？　法律に詳しいし、弁護士さん？」

「似ているようで違います」と北脇は苦笑した。「弁理士という、知財を専門に扱う資格を持っています。あまり耳馴染みがないかもしれませんが――」

「よく知ってる」

と母は身を乗りだし、北脇の肩をぽんと叩く真似をした。

「知財の専門家、弁理士さん。うちの娘が今朝も言ってた。とっても物知りで、尊敬できて——それからそう、大好きだって」

母の肩越しに垣間見える北脇の目が、驚きに見開いた。

と思ったときには北脇は急に身をかがめて荷物をまとめはじめたので、上司の表情は見えなくなった。

それではっとして、亜季も急いで両手で顔を覆《おお》った。びっくりした。母はなにを捏造《ねつぞう》しているのだ。大好きだなんて一言も言っていないではないか。

「それは光栄です」

すぐに聞こえてきた北脇の声は、いつもどおりの穏やかで、取り繕った、ビジネスな響きをしていた。


東京駅に到着を告げるアナウンスとともに、乗客は次々と座席を立つ。北脇と母をやりすごし、亜季は忍者みたいに新幹線をおりて、ホームの雑踏に紛れた。

到着を知らせる弾むような母のメールに返信をして、何食わぬ顔でホームをおりてゆく。

もちろん心の中は歓喜でいっぱいだった。よくやった、やりとげたわたし。途中かなり綱渡りだったし、母が最後に爆弾みたいに余計な発言をしていたが、目的だけは達成した。どうにかふたりとも、互いの正体に気がつかなかった。

「北脇さん！」

新幹線ののりかえ口の前で北脇を発見した。走り寄ると、立ちどまって『緑のお茶屋さん　レッド』を飲んでいた北脇は、ちょっと楽しそうな顔をして振り向いた。

「晴れやかな顔をしてるな、藤崎さん」

「そういう北脇さんだって楽しそうじゃないですか？」

「まあね。わりと楽しかった」

「え、なにかあったんですか？」

わざとらしく尋ねながら、亜季は内心嬉しかった。そうか、だったらよかった。こういう顔、久々に見た気がする。

にこにことしはじめた亜季をちらと見て、北脇は『緑のお茶屋さん　レッド』を傾ける。

「にしてもいいお母さんだな」

「そうなんですよ……って、え？」

なんだって？

口をあんぐりあけて固まる亜季を尻目に、北脇は「行こうか」とお茶を手にさっさと歩きだす。

「ちょっと、ちょっと待ってください！」

亜季ははじかれたように走りだした。小走りで北脇の前に回りこみ、おそるおそる表情を窺う。

その口角があがっているのを確かめ確信した。これは、終わった。

「……いつから気がついてました？」

「最初から」

「最初？」

「座ったときに気がついた。藤崎さん、さてはお母さんのぶんの切符と自分の切符、取り違えたなって」

「なんでわかったんです……」

「藤崎さんのお母さん、鞄に『むつ君』のキーホルダーつけてたから。あんなの持ってる人間、そうそういないでしょ」

まじか。むつ君め……いやむつ君のせいではない。キーホルダーなしでも時間の問題だったはずだ。この頭の回る上司が気がつかないわけがない。そりゃそうだ。

観念して、いさぎよく頭をさげた。

「すみません、切符の取り違えなんてうっかりミスを起こすなんて、本当に確認が足りませんでした」

唇を嚙《か》みしめる。絶対に怒られる。また呆れられる。当然だし、仕方ないのだが。

あまりに身を強《こわ》ばらせている亜季を見て、北脇は不審な顔をした。

「なんでそんなに構えてるんだ」

「いえその、注意されるのは当然だと思ってます。けっこうとんでもないミスですし。ですけど……」亜季は息を吸って、一気に言った。「北脇さん、近頃わたしのポンコツ具合にいらいらしてますよね？　だから急に厳しくすることにしたんですよね。それがなんというか、自分が不甲斐《ふがい》なくて、つらくて」

北脇は驚いたように目をみはった。

「全然違う」

「じゃあ……このあいだわたしが『上司と部下として、心を贈り合ってるの最高』みたいな恥ずかしいことを言って、それがあまりに不快だった、とか」

「……なんでそうなる」

北脇は小さく息を吐くと、人の流れから離れるよう亜季を促す。そうして壁際で足をとめて、改めて口をひらいた。

「あのさ藤崎さん」

「はい」

「いらいらだとか不快だとか、部下に対する個人的な負の感情に衝《つ》き動かされて厳しい指導をするわけがない。そんなものが理由で部下へのあたりを強くする上司なんていない」

「……いっぱいいますよ」

「すくなくとも僕は違う。厳しくするのなんて理由はひとつ、藤崎さんにもっと伸びてほしいからだよ」

亜季は顔をあげた。

「そうだったんですか？」

「それ以外ありえるわけがないと、わかってくれてると思ってた」

北脇もやや戸惑っているようだった。北脇にとっては亜季のためなんて当たり前すぎて、それが伝わっていないなんて思いもしなかったのだろう。当たり前だろうか。当たり前かもしれない。一度気に入ったものを大事にして、磨き続けるひとだから。

「それに」と北脇は人の流れに目を移す。「僕は、藤崎さんはいいこと言ったと思っていたよ」

「……なんの話です」

「面接審査の日の話。藤崎さんが言ったのはつまり、上司として僕が投げたボールを、藤崎さんはしっかり打ち返してくれる、そういう関係を築けているって意味だろ」

心を贈り合うという話か。

「まあ、そんな感じです」

亜季が言いたかったのは、それだけではないのだが。

「僕は、部下にそんなふうに感じてもらえるのはありがたいことだと思ったんだ。だから改めて考えた。それこそあの日に藤崎さん、言ってたでしょ。一人前になりたい、そのために頑張ってるんだって」

「……はい」

「あのときも言ったとおり、一人前を目指さねばと強迫観念を抱く必要はない。一生懸命やった結果うまくいかなかったのなら、フォローしあえばいい。でもそれとは別に、僕のやりようによっては、藤崎さんはまだ伸びるはずだと思った。もっと実務を理解して、うっかりミスをなくす訓練をすれば、もう一段上にいける。だったらそうしてあげたい、もっと厳しい球を投げてやりたい、僕がそうしたいと思ったんだ。それだけが——」

北脇は唐突に口をつぐんだ。

それだけが？

いったいなんなんだろう、と亜季が窺ったのと同時に、いつもどおりの冷静さで続ける。

「……とにかく藤崎さんが望まないのなら、今までどおりにゆるい球を投げてもいい。つらい思いをさせようという意図はまったくなかったけど、悩ませてしまったのなら謝る」

「違うんです」と亜季は慌てて両手を振った。「期待をかけてもらえるのは嬉しいです。だから厳しくご指導お願いします。もうがんがん剛速球、投げてください。わたしも打ち返せるようになりたいですし」

それこそ亜季が、心から望んでいる北脇との関係なのだ。関係のひとつなのだ。

「無理しなくてもいい。つらかったって自分で言ったじゃないか」

「違うんです、それはたぶん、どちらかというと」亜季は一瞬悩んで、それでも言った。

「北脇さん、このごろあんまり笑わないし、冗談言ったりお菓子をおいしそうに食べたりもしませんし、それがすごく気になっていたんです。どうしたのかなって」

北脇は、思わぬことを指摘されたという顔をしている。

「すみません、踏みこんだことを！　でも心配で。もしかしたら調子が悪いのかもしれないし、なにか困っていることがあるのかもしれないし……わたしに思うところがあるから、楽しい気分になれないのかもしれないって——」

「すくなくとも最後のは違うから」

被せるように否定して、北脇は続けた。

「態度を変えたつもりは全然なかったけど、言われてみればあんまりそういう余裕がなかったかもしれない。仕事をしづらくして悪かった。でも藤崎さんのせいじゃない。少々……気持ちが沈んでいただけだよ」

北脇にしてはかなりプライベートな発言に、亜季は思わず息を呑みこんだ。上司は変わらず道行く人を眺めている。その横顔に問いかけそうになる。なにかあったんですか。悩みごとがあるんですか。

わたしが、助けになれることはありますか?

「でも今日藤崎さんのお母さんと話してたら、調子が戻ってきたよ」亜季が葛藤《かっとう》しているあいだに、北脇は肩の力を抜いた。「藤崎さんとお母さん、すごく似てるな」

「それはよかった……いえ待ってください。わたしと母、そんなに似てませんって」

「よく似てるだろ」

「そんな、わたし、母みたいに知らないひとにがんがん話しかけられませんし、怪しい商品だってほいほいとは買いませんよ」

「でも人なつこくて明るくて、感情で押し切ってるように見えて実は理屈が通ってて、好奇心が旺盛なところは似てる」

「……褒めてくれてるんですか？」

「飴《あめ》と鞭《むち》だよ。厳しくするばかりだと嫌な上司だと思われるからな」

「誤解ですって！　北脇さん、いい上司ですよ」

「そりゃどうも」

とあしらった北脇は、そうだ、と鞄から一枚の紙を取りだした。

「本当は新幹線に乗ってるあいだに返そうと思ってたんだけど、時間がなかったから。忘れないうちに渡しとく」

なんだろう、と亜季は受けとり目をみはる。

朝に再提出を命じられてそのままになっているはずの、クレーム練習文ではないか。しかも亜季の書いた文字数の数倍は、赤字がびっしりと書きこまれている。

「昨日指摘した部分はかなりよくなってた。最初のものからは見違える出来だと思うし、これでひとまず完成ってことにしよう。あとで代理人の弁理士先生が書いた本物のクレームと比較してみるといい」

亜季は赤字を見つめたまま、ぽつりと言った。

「ありがとうございます……」

なんだかんだ言いつつ北脇は、亜季が昨日提出したものをきちんと見てくれていたのだ。

そしてたかが練習に、きっちりと指摘を入れてくれた。

ちゃんとお礼を言わなきゃ。お礼を言って、それからもうひとつ勇気を出したい。瀬名良平の呪いを振りはらって告げてみたい。もしなにか困ったことがあるのなら、落ちこんでいるのなら、わたしも力になります、力になりたいですって。部下としてでも、知り合いとしてでもなんでもいいから。

紙を見つめたまま、腕に力を入れる。

「あの北脇さん、わたし……って、いない！」

ふと違和感に気がついて顔をあげると、いつのまにか上司はさっさと歩きだしていた。

「なんで置いていくんですか！」

走り寄ると、北脇は呆れたときにいつもするように、片眉をちょっとあげた。

「待ち合わせに遅れるから行くよって言ったでしょ。聞こえてなかった？」

「全然聞こえませんでした」

「だろうな。自分の世界に入ってる顔してたし。おおむね無駄な再提出をさせた僕に文句があったんだろ」

「全然違いますよ！」

「まあ怒る気持ちはわからないでもない。今までは定時後提出もありだったのに、急にルールを変えたわけだし。それは悪かったよ。次からは提出条件をはっきり決めて締め切りを提示するようにする」

「ありがたいです……」

亜季は脱力した。なんなんだこの上司。物事のとらえかたがひねくれているというか、自己評価が変なところだけ低すぎるというか、自己認識がねじ曲がっているというか。あの状況で黙っていたなら、感極まっていた以外ありえないではないか。

でも。

すっかりいつもどおりの調子が戻ってきた上司を盗み見る。北脇さん、楽しそうだから、それでいいか。


「にしても」

丸《まる》の内《うち》地下中央口改札へ向かうくだりエスカレーターに乗ったところで、北脇はひょいと口をひらいた。

「藤崎さんも大変だったな。話の行方が気が気じゃなくて、休む暇もなかったみたいだもんな」

「ほんとですよ。いつのまにか東京に着いてて――って」

そこまで言ったところでようやく気がついた。

じわりと赤くなりつつ、小声で尋ねる。

「もしかして、わたしが近くの席に座ってるの、気づいてましたか？」

ひとつ下のステップに立った上司は、前を向いたままにやりとした。

「藤崎さんがあたふたしているの、面白かったな。百面相で」

「なんで知らないふりしてたんですか……」

「そりゃ藤崎さんのためだよ。僕が気がついてるそぶりを見せたら、藤崎さんのお母さんも違和感を覚えて気づいちゃうでしょ」

「そうですけど」

あーもう、と両手で顔を覆ったところで、亜季はふいに思い出した。

そうか、北脇は、亜季が聞き耳を立てていると知っていたのだ。だったらあのとき――『娘は弁理士が大好き』と母が言ったとき、急に身をかがめたのは、亜季に表情を見せないようにするためか。

それはつまり――

亜季はそっと、ひらいた指の隙間から上司を窺った。

北脇はすこし目を細めて、壁に張られたポスターを見あげていた。

【0002】

人生は、失敗と別れの連続です

「今宮《いまみや》食品が特許の買い取りを打診してきた件ですが」

経営陣を前にして、北脇《きたわき》は報告した。

「結論から申しますと、現在上市《じょうし》している『緑のお茶屋さん』は、今宮食品保有の特許権を侵害している可能性が拭《ぬぐ》えません」

北脇の発言に続き、製品開発部部長の高梨《たかなし》も付け加える。

「製品開発部で調査した結果、三年前のリニューアル時に導入した、苦みの切れ味を向上させて、同時にコクを維持させる新製法の一部が、今宮食品の特許権を侵害しているようでした」

「クロってことか」

手元の資料を見つめていた代表取締役社長の増田《ますだ》は、唸《うな》りながら腕を組みなおした。

「もっとも」と北脇は続ける。「又坂《またさか》国際特許事務所をはじめいくつかの外部機関において鑑定していただいたところによると、もし我々がこの特許に対して無効審判請求した場合、特許法第百二十三条第一項第二号の無効理由に基づいて、無効とされる可能性があると判断されるとのことです」

「無効っていうのは、特許の権利を失って、権利行使もできなくなるってことだよな」

「はい」

「つまり今宮食品が売りつけてきたのは、本来特許としての価値もないような代物《しろもの》ってわけだ。そんなものにこんな馬鹿《ばか》みたいな値段をふっかけてきたと」

資料に記されたゼロがずらりと並んだ買い取り希望額を、増田は指で数度強く叩いた。

今宮食品が思わぬ高額で買い取り打診してきた『苦み特許』。

それを買うのか、それとも突っぱねるのかを決める会議が今まさに行われている。

「価値がないかは、審決がくだされるまでは決まりません。現状ではっきりと言えるのは、我々はこの特許を侵害している可能性が高い、それだけです」

「でも無効になる証拠、持ってるんでしょ」

「今回争点となりうるクレームはふたつあります。それぞれに我々が構築したのは、新規性なし、進歩性なしという無効ロジックです。新規性なしのほうは、おそらく我々の主張が通るでしょう」

「もうひとつのほうは？」

「今のところはそちらも、我々の主張が通る可能性が高いとの鑑定を得ています。ただこちらは解釈の問題を孕《はら》んでくるので、審判官の判断によっては我々の請求が不成立となり、今宮食品の特許が存続する可能性もないとはいえません」

「じゃあこう言えば正確なわけだ。これは、裁判しないとどちらに転ぶかはわからない、だが限りなくがらくたに近い代物」

「そのご認識がおおむね正しいかと」

「そういう代物を、大枚叩《はた》いて買い取ってリスクを避けるか、がらくたと見越して無視するか、って二択なわけね」

どうするかな、と増田はつぶやいた。

『苦み特許』を侵害している可能性がある以上、このまま今宮食品にこの特許を保有させていると、侵害訴訟に発展するリスクがある。月夜野《つきよの》ドリンクが買い取ってしまえばそのリスクは当然なくなるのだが、買い取り価格が高すぎる。

経営判断を迫られた増田は、迷っているようだった。

「こういう場合、上化《じょうか》さんではどうするの。買うの？」

増田は『緑のお茶屋さん』のボトルをいじりながら尋ねる。北脇の出向元である大手化学メーカー、上毛《じょうもう》高分子化学工業での考え方を参考にしたいらしい。

そうですね、と北脇は答えた。

「まず上化に限らず一般的な考え方として、もし自社製品が侵害してしまっている可能性が高い他社特許を発見した場合、まず無効鑑定が取れるか精査します。そして今回のように無効となる公算が高いのならば、なにもしません」

「なにもしない？　本当になんの手も打たないということ？」

「もちろん水面下では、トラブルになったときの準備はしておきます。しかし対外的にはなんのアクションも取らず、静観します」

ええ、と企画部長の板東《ばんどう》が眉をひそめた。

「他社の特許を侵害してるって知ってるのに、しれっと放置して生産を続けるってこと？なんか悪事に目をつむってるみたいであくどくない？」

「いえまったく」

北脇は迎え撃つように微笑《ほほえ》んだ。「いたって一般的な手法です。特許をめぐる争いは、正義と悪の戦いではありません。すべてはビジネス上の思惑のもとに動くものです」

北脇さん、悪い顔をしてるな、と亜季《あき》は思った。

だが言っていることはもっともである。ビジネスには正義も悪もないからこそ、パクリパクられの感情論に陥《おちい》ってはいけない。互いの手札を冷静に見極めての立ち回りが求められる。相手の特許を無効にできるかもしれない証拠は、強力な切り札だ。こちらにもそういう手札が残っている状態ならば、もし相手から侵害を警告されたとしても、いくらでも穏便な落としどころはある。勝手に萎縮《いしゅく》する必要なんてない。それがビジネスの世界のやり方だ。あくどいわけでもなんでもない。

「ですので今回も、一般的には売買の申し出を受けいれる必要はない案件ではあります。社長が仰《おっしゃ》るように、がらくた一歩手前の権利に大枚を叩くのはビジネスではない」

「そうか。じゃあ突っぱねるのが――」

と言いかけた板東を、北脇は待ってくださいと制した。

「しかし結論するまえに、ここできちんと考えておかねばならないことがあります」

「……なに考えるの」

それは、と常務の猪頭《いのがしら》が口を挟んだ。

「これほどの高額で特許を売却しようとした今宮食品の意図がなんなのか、でしょう？なぜそんなアクションを取ってきたのかを把握《はあく》して、それに沿った対応方針を決めないと、こちらが痛い目を見るかもしれないものね」

北脇は我が意を得たりとうなずく。

「はい。これはビジネス上のやりとりですから、先方が気分や感情で動いているとは考えられません。今宮食品にも当然、社内でコンセンサスがとられた、なんらかの思惑が存在するはずです」

「どういった思惑を知財部は想定してるんだ」

常務の木下《きのした》の問いかけに、熊井《くまい》が答えた。

「いくつか考えられます。まず一般論としては、通常このような特許の売買は、不要となった事業にかけたコストをすこしでも回収するために行われます。今宮食品は飲料事業を整理しましたから、飲料に関する特許は自社では実施されない状況になりました。ですが特許技術には膨大な開発費がかかっているでしょうし、特許権を取得するまでだって、さまざまなコストをかけている」

「そのへんを回収するために、買ってくれそうな会社に伺いを立てた可能性があるってわけか。でもなんであんな信じがたい値段を提示してきたんだ」

「素直に考えれば、今宮食品は今まで特許の売買の経験がなかった。だから自分たちが回収したい資金に合わせて買い取り額を設定して、それが結果的に我々が考える価格とはかけ離れていたということかと」

「ほしい金、そのままの値段をつけたって？　ままごとじゃないんだから」

呆《あき》れる木下の隣で、板東が小さく片手をあげた。

「だけど、こういう場合も考えられるんじゃないの？　今宮食品は、あえてとんでもない値段をつけた。足元を見てふっかけてきた。今宮食品もさ、ほんとは知ってるんだよ。うちの看板商品がその特許を侵害しちゃってるって。それで弱みにつけいろうとしたわけ」

「可能性としてはゼロではありません。ですがほとんどありえないはずです。藤崎《ふじさき》君、説明してくれますか」

熊井が慎重に答えつつ、亜季に話を振った。よしきた。亜季は用意してきた資料をプロジェクターで映しだす。

「ご説明いたします。なぜなら今回問題となっている今宮食品の特許は、製法の特許と呼ばれる種類のものです。こちらの資料にありますように、我々の扱う特許にはざっくりと分けると物の特許と製法の特許があります」

物の特許はその名のとおり、製品そのものの発明に関わるもので、侵害の発見が容易だ。たとえば飲料中に特定の成分がどの程度含まれているかは手に入れ分析さえすればわかるわけで、分析結果と突きあわせれば、自社の特許を侵害しているかはすぐに判明する。

ですが、と亜季はプロジェクターの下方にポインターを向けた。

「今回問題となっている今宮食品の『苦み特許』は、製造時の工夫についての発明です。

どういう順番で、どのような条件で作るのか、そこに工夫があって特許に認められているわけです。このような製法の特許においては、今宮食品側が他社に侵害されていると発見するのは相当困難と思われます。どんな製法を用いて製造しているかは、工場を覗《のぞ》かない限りはわかりませんから」

「今宮食品が『緑のお茶屋さん』に製法をパクられてるって知る方法はないってこと？」

「基本的には」

「じゃあパクられているって確信をもって、買い取りの値段をふっかけてきた可能性もないのか。ふうん、僕は絶対弱みを突いてきたんだと思ったんだけどなあ」

「可能性がないとは言い切れません。向こうにもお茶を開発していた技術者がいるわけで、そういう人がうちの商品を分析すれば、これを作るには絶対同じような製法を使わなければならないはず、だとしたら『苦み特許』を侵害している可能性は高いはず、くらいまではあたりはつけられますし……あ、だからこそ高値を提示してきたのかもしれません」

「だからっていうのは？」

「いきなり警告書を送るほどは、向こうも侵害されている確信はないんです。でももしかしたら……くらいは疑っていて、こちらの出方を窺《うかが》っているのかもしれません。となるとここで慌《あわ》てて協議に応じると、むしろやぶ蛇《へび》かもしれませんね」

後ろ暗いことがあるのだと見抜かれて、さらに強い手段に出られてしまうかもしれない。

とひとりで納得していると、

「それは君の考え？」

急に増田に問いかけられて、亜季はたちまちしどろもどろになった。

「あの、はい、そうです。個人的な予想です。ですので絶対という話ではなくて……」

社長が眉をひそめる。すかさず北脇が言い添えた。

「藤崎さんの言うことは一理あります。すくなくとも現時点で、先方が我々の侵害に確証を持っているとは考えづらいでしょう。もし確証があるのなら、こんな回りくどいことをせずにさっさと警告書を送付してきているはずです」

「となると彼女の言うとおり、焦って売買交渉なんてしたら思うつぼかもしれないわけか。急いでほしがるのは、特許を侵害しちゃってるからだと推測されてしまう」

「かもしれません」

「なるほどね」

「そもそもですけど北脇さん、今宮食品が今後、自社の特許が侵害されているって確信を持ったとして、警告書を送ってきたり、訴訟を仕掛けてきたりする可能性はどのくらいあるの？」

猪頭の疑問に、北脇は口元に力を入れた。

「まず一般的な考え方を申しあげますと、この特許は、侵害をめぐって争うカードとするにはいささか不適格です。というのもさきほど藤崎さんが申しあげたように、これは製法の特許で、確実に侵害されているという証拠を揃《そろ》えるのは難しい。そのうえこの特許は無効になる公算が比較的高い。つまりもし訴訟を起こしたとしても、我々にひっくり返される可能性がすくなくないわけです」

「訴訟の場で戦わせるには、カードとしては弱すぎると」

「とはいえ今宮食品が、本特許のそういった特徴を正確に認識しているかはわかりませんし、警告書を送ってくる可能性は充分にあります」

「訴訟はどうかしら」

「そちらに関しては、可能性はさらに低いと考えています。もし警告書を送られたとしても、普通はいきなり訴訟には発展しません。水面下での二社間の話し合いとなるでしょう。そして我々は無効鑑定、つまり相手の特許を無効にできる可能性がそれなりに高いという証明を持っていますから、相手もそれほど強い態度で押してはこられない。よって、結局は妥当な値段でのライセンス契約へ進むと考えます。訴訟は訴えられた側だけではなく、訴えたほうにもリスクがあります。我々のようなＢ　ｔｏ　Ｃ企業ならなおさらです」

多くの場合、知財訴訟の内実は世間に正確に理解されない。勝訴したところで、世間の評判はがた落ちしていて回復できないこともある。消費者の評判が重要な月夜野ドリンクや今宮食品のような企業にとってそれは大打撃だから、普通はおおごとにしないようにお互い立ち回るし、訴訟に至ったところで、ある程度のところで和解にもちこみすべてをうやむやに、内々に処理するものだ。

「とすると、もし今回買い取りを拒否してこじれたとしても、すぐに訴訟になってがっぷり四つに組まなきゃいけないってわけじゃないのね」

「絶対にならないとは言えません。わたしはあくまで、今宮食品の思惑を推定しているだけですし、そもそもわたしはミスをする人間ですから」

淡々《たんたん》と付け加えた北脇に亜季ははらはらとしたが、猪頭は笑みを揺らがさずに「そうね」と返した。

「ミスをしない人間はいないものね」

それから身を引いて、考えこんでいる増田へと目を向ける。他の面々も同じように社長の判断を待った。

やがて増田はひとつ息を吐き決断する。

「まずは、買わない。そう回答して、向こうの出方を見ましょう。そのあいだにこちらは、向こうがどう動いてもいいように準備する。もし侵害だと警告してくるようなら、ライセンス契約締結も視野に入れた協議にすみやかに入れるよう、木下さんと熊井さん、それから山崎《やまざき》さんでまとめておいてくれる?」

木下と熊井、それに法務部長の山崎はうなずいた。

「他に我々が用意すべきことはあるの、北脇さん」

「向こうがどの程度、『緑のお茶屋さん』の侵害に関して情報を得ているかを調べておきたいですね。もし特許権を侵害されていると推測して動いているのだとすれば、我々が対外的に出した情報を参考にして、こちらの製法にあたりをつけているはずです。プレスリリースや、卸《おろし》や小売《こうり》に渡した資料などを精査するべきかと」

「わかりました、そちらの調査はわたしがとりまとめましょう」

と猪頭が引き取ると、社長はうなずいた。

「お願いしますよ」

「警戒はしつつもしばらく様子見か。順当なところに落ち着いたね」

会議が終わり三人で知財部に戻りながら、いやはや、と熊井は息を吐いた。

「そうですね。とはいえ今宮食品の考えがいまいち読めないので、むしろ早いところ警告書でも送ってきてほしいんですが」

　警告書の文面や送り主によって、相手の本気度や狙いはある程度推測できる。北脇は、協議に移るなら移るでよしと考えているらしく、さっさとすっきりしてしまいたいようだ。

　確かにどこかすっきりしない顔してるもんね、北脇さん。

　一時期よりだいぶ軽妙さが戻ってきているが本調子とも思えないし、そもそも説明もなく急に厳しい態度で接することにしたのだって、北脇にしてはスマートではなかった。いつもの北脇なら、きちんと理由まで説明してから態度に出すはずなのに、そこまで考えが回っていない。

　どうしたのかな、と亜季は思わないではいられなかった。

「にしても藤崎さん」

「はい！」

　急に話を向けられて、上司の横顔をこっそりと盗み見ていた亜季は跳ねあがった。

「……どうしたの」

「いえ、なんでも。それでなんでしょう」

「さっき、せっかく社長に藤崎さんの考えを聞かれたのに、なに日和《ひよ》ってるんだ。あそこは堂々と自分の意見を答えて、けっこうやるなと思わせるところだったでしょ」

「そんな、わたしなんてまだまだ……」

「まだまだって言ってるあいだにも時間は過ぎていく。いつまでも僕がフォローできるわけじゃない」

けっこう厳しい調子で釘《くぎ》を刺され、亜季は肩をすぼめた。

「……すみません」

「まあまあ。僕や北脇君の意見を仰ごうと思ったんだよね。ひとりの意見を知財部の意見だと思われるのも困るし」

熊井が助け船を出してくれるが、北脇の口調はゆるまなかった。

「それにしても言い方があります。あれではいつまで経《た》っても信用してもらえない。とにかく藤崎さん、自分の意見は堂々主張するようにして。それでこそ相手の心は動くはずだから」

「はい……」

じゃあ、と北脇は総務部のほうに首を向けた。

「横井《よこい》さんが用があるみたいだから、聞いてきてくれる?」

振り返れば、研究所総務の横井がこちらを見ている。亜季はわかりましたとふたりのもとを離れた。

内心打ちひしがれていた。北脇の指摘はまったくもって正しい。上司が口添えしてくれるという甘えがあったのは否《いな》めない。

それでもショックは隠せなかった。

いつまでもフォローできるわけじゃない、なんて。

そんなふうに突き放されたのは、はじめてだった。


「藤崎君の将来のために、厳しくやってるんだね」

亜季の背を見送りつつ、熊井がぽつりと言った。

はい、と北脇は視線を落とす。

「もう長くは見てあげられないので、できる限りはと」

「藤崎君にはまだ、帰任する予定だとは言わないの」

「正式に辞令が出るまでは黙っているつもりです。まあ親会社――上化の上長《じょうちょう》曰《いわ》く、もうすぐ出るそうですが」

北脇は、横井に話しかけている部下に目を向ける。しばらく黙って見つめてから、ゆきましょう、と身振りで熊井を促《うなが》した。

「あと数年、もうひとりふたり知財部員を迎えるところまで出向を続けられないか、かけあってみたんです。ここで月夜野を離れては中途半端なのは間違いないですし、熊井さんも上化の上長も、ありがたいことに働きかけてくださいましたし。ですが上層部と人事は、最大限譲歩して、現在進めているプロジェクトに目処《めど》がつくまでだと」

「それで、今宮食品の件が落ち着いたらすぐ上化さんに戻ることになったんだね」

「はい。もともと上化の人事は、僕が再び月夜野ドリンクへ出向するのをあまり歓迎していませんでした。なるべく早く帰任させたいとの意向だったようです」

なるほどね、と熊井はガラスのドアを押して知財部の部屋に入った。

「上化さんの考えもわからなくもないよ。上化さんにとってうちは、優秀な君を潰《つぶ》しかけたけしからん会社だろうしね」

「たいして優秀でもありません。それに僕個人はこの会社に来てよかったと心から思っていますよ。お世話になりましたし、さまざま学ばせてもらいました」

「そう言ってくれると救われるよ。だけど正直に言うと、僕は今後が心配でもある」

「ご心配なく、人事は僕の後任を選ぶつもりのようです。例によって選定は難航しているそうですが、そのうちまた別の人間がお伺いすることになるとは思います」

淡泊に告げる北脇に、「それはありがたいけど」と熊井の声音《こわね》はやわらいだ。

「僕が心配してるのは君のことだよ」

「……僕ですか？」

「うん。会社に戻ったあと、北脇君にちゃんとしたポジションが用意されてるといいんだけど。これだけ頑張ってくれたんだから」

「それこそご心配なく」と北脇は机に荷物を置きつつ微笑んだ。「本社に、知財情報を経営戦略に直結させる部署ができるんです。そちらのポジションを提示されました。残念ながら実務からは離れてしまいますが、実質昇進です」

「そっか、それはよかった。本当におめでとう」

熊井は冷蔵庫から『緑のお茶屋さん』を二本取りだして、にっこりと北脇へさしだす。ふたりは小さく乾杯の真似事をしてから、黙ってひとくち飲んだ。

「でも、寂しくなるね」

ぽつりと落ちる熊井の声に、北脇は一瞬言葉につまる。

それから静かにボトルに目を落とした。

「あ、藤崎さん、ちょうどよかった。今大丈夫？」

亜季が寄ってきたのに気がついて、総務主任の横井は小さく手招きした。

「どうしました？」

「この子、社内空手部の後輩で、富田《とみた》君っていうんだけど、知財部で見てもらいたいものがあるんだって」

とスーツを着た、快活そうな若手の男性社員を紹介する。

「富田です」とばしっと頭をさげたその彼は、さっそく切りだした。

「実は妹がバックパッカーで、今アジアをふらついてて。で、これをQ国で見つけて送ってきたんですけど」

と言いつつさしだしたのはペットボトルである。見た瞬間、亜季は顔をしかめた。

「これは――」

アジア諸国で製造販売されているらしき、いわゆる日本風緑茶飲料だ。ボトルの形状はなんてことのない汎用《はんよう》のもの。しかし巻かれたパッケージフィルムにはめちゃくちゃ見覚えがあった。

深い緑色をバックに、涼やかな風を表す白線がさっと斜めに引かれている。

ぱっきりとした三日月と、それをすすきの揺れる野から眺めるウサギの後ろ姿。

この会社に入ってから毎日毎日、もう見飽《みあ》きるほど見た意匠。

そう、これはまさしく、どこから見ても間違いなく、月夜野ドリンクの看板商品である『緑のお茶屋さん』――ではなく。

『お茶処の緑さま』

本来『緑のお茶屋さん』と書かれているはずの位置に大きく記されているのは、『お茶処の緑さま』なる謎の商品名だった。

「すごくないっすかこれ」

固まっている亜季をよそに、富田はボトルをもちあげる。「ぱっと見はどこから見ても『緑のお茶屋さん』なのに、フォントだってほぼ同じなのに、商品名だけ『お茶処の緑さま』なんすよ」

「ここまでの完全コピー、そうそう見ないよね」

横井も同調している。ふたりは怒っているが、ある意味感心してもいるようだ。その気持ちもわかる。これは今まで問題となってきたもろもろ――たとえば『緑のおチアイさん』とか『ヨーグルさん』などの比ではない。

パッケージデザインを丸ごと流用したあげく、商品名だけ違う。似ている、ではなくほぼそのもの。すがすがしいほどの模倣品《もほう》、パクリなのだ。

「Q国で売ってるってことは、Q国で作ってるのかな？　文字読めないけど」

「どうすかね。妹が言うに、お隣のX国なんかでもけっこう見かけるらしいすよ」

冷や汗をかきはじめた亜季をよそに、横井と富田はいろんな角度から『緑のお茶屋さん』――もとい、『お茶処の緑さま』を眺め回した。

「人気商品なの？」

「そうなんすよ」

と富田は妹から送られてきた写真を見せてくれる。青空市場に何百本も並べられた『お茶処の緑さま』。スーパー正面のいい場所に陣取る『お茶処の緑さま』。どこかの高層ビルの巨大電光掲示板に映しだされた、和服の女性がにっこりと手にする『お茶処の緑さま』――。

「なんか、『緑のお茶屋さん』より広告費がかかってそうじゃない？　そもそもうちの広告よりおしゃれ――」

「それ以上言わないでくださいよ！　俺たちも頑張ってるんすから」

富田は両手を振りまわした。胸にかかった社員証を見るに、販売部に所属しているらしい。

「ごめんごめん」

「とにかく、どこ行ってもすごい人気商品らしくて」

「日本からの輸入品だと思って買ってる人が多いんじゃない？　商品名だけわざとらしく日本語だし」

「確かに。てかうちの妹も勘違いしてましたからね。あいつアホだから、このお茶、月夜野ドリンクの製品だと思って買ったらしいんですよ。で、飲んだ感想も送ってきて」

「どうせまずかったんでしょ？」と横井は切って捨てる。「こういうガワだけ真似た商品、昔からよくあるよね。たいがい中身はがっかり、クソまずで――」

「いや、普通にうまいらしいです」

「え」

「近頃アジアで売ってる和食系の食品って、普通にクオリティ高いらしいっすよ。このお茶もうちの妹が言うには、本家ほど苦くなくてむしろ飲みやす――」

「それ以上言わなくていいから！」

　今度は横井が腕を振りまわした。それから苦い顔で黙っている亜季に向かって話をまとめにかかる。

「とまあ、そういうパクリ商品みたいだけど、どうにかならない？」

「どうにか、ですか」

「なんかこう販売差止とか、そういうの。だってこのお茶、うちのパッケージほぼそのままで、商品名だけ変えてるわけじゃない。完璧なパクリ商品でしょ？　のくせにビルにおっきい広告出して、おしゃれな輸入品のイメージで売って、ムカつくじゃない」

「えっと」

亜季がなにか言うまえに、「確かにムカつきますよね」と富田も同調した。

「しかもけっこう売れてるらしいし……あ、だったらむしろあれじゃないすか、これ、商機じゃないすか？　このパクリ商品を差止にしてQ国から一掃できたら、その空いた市場、うちがまるっとゲットできますよね。そしたらがっぽがっぽですよ」

「いえその……」

「なるほど、さすが販売部員」と横井の目も輝く。「そうだよね、そもそもこれだけ似てるパクリ商品が人気なら、うちの『緑のお茶屋さん』にも充分チャンスはある。っていうかうちのが正規品なんだから、もっと売れるかもしれない！」

うんうんと納得したように首を振って、勢いよく亜季の手を握った。

「ね、藤崎さん、知財部でこのパクリ商品、取り締まるべきだよ。これだけ似てるんだから、訴えれば一発でアウトでしょ？」

アウトであると疑いもしない視線を寄こされ、亜季は口元に力を入れた。気持ちはわかる。わかりすぎるほどわかる。だが。

「……残念ですが、この『お茶処の緑さま』を訴える権利、わたしたちにはないんです」

「え」

それどころか。

亜季はますます小さくなって付け加える。

「もしわたしたちがQ国やX国で『緑のお茶屋さん』を売ろうとしたら、むしろこちらが訴えられるかもしれません……」

なんで、と呆然《ぼうぜん》とつぶやくふたりに、すみませんと亜季は頭をさげるしかなかった。


「へえ。とうとう『頑張ってどうにかします』って安請け合いしないようになったのか。すごいな藤崎さん、もう立派な知財部員だな」

月を模したカスタードケーキを口にしながら『お茶処の緑さま』のボトルを眺めていた北脇は、どこか皮肉な笑みを漏らした。

「さすがに今回は『無理です』って言うしかないです。本当に無理なんですから」

亜季はぐったりと冷蔵庫をあけた。こういうときはやはり、『緑のお茶屋さん』の苦みが恋しい。

「もしですよ、日本国内でこの『お茶処の緑さま』を売ってるって話なら、わたしも張り切ってどうにかしますよ。これだけ似てれば、意匠権侵害で訴えれば勝てますよね？」

「まあその線も充分ありそうだな」

「ですけどQ国やX国で排除するのは絶対無理です。だってうちの会社、『緑のお茶屋さん』の意匠権をQ国とX国では持ってないんですから」

そう、そこなのである。

知的財産権は、基本的に国ごとに取得するものだ。この『緑のお茶屋さん』のように日本国内では知らぬ人のない商品で、かつ国内ではきっちりと権利を確保していたとしても、一歩国外に出ればなんの意味もない。その国での権利を取得していないのなら、当然訴えることなんてできない。それがどれだけひどいパクリ商品であったとしても、訴える根拠がないからだ。

月夜野ドリンクが『緑のお茶屋さん』の意匠権を確保しているのは、日本国内だけである。だから月夜野ドリンクはQ国で大手を振って販売されている『お茶処の緑さま』を、Q国内では意匠権侵害で訴えることはできない。

それどころか。

「『お茶処の緑さま』、Q国でちゃっかり意匠権を取得してるみたいなんです」

それが『緑のお茶屋さん』の丸パクリデザインだとしても、外国では権利取得が可能な場合はある。パクリであろうと、本家月夜野ドリンクがその国で権利を保持していないならば、『お茶処の緑さま』はデザインの権利を得ることができて、そうしてその国の法律で強力に守られるようになる。

つまり現状、Q国で権利的に丸裸、パクリ扱いされるのは『お茶処の緑さま』ではなく、『緑のお茶屋さん』だ。もし月夜野ドリンクが『緑のお茶屋さん』をQ国で売ったら、むしろ月夜野が『お茶処の緑さま』のパクリとして訴えられる可能性すらある。

聞くだに信じがたいが、残念ながらありえる話で、亜季は、横井と富田にもそう伝えた。

そのときの、ふたりのいろんな意味で落胆した目といったら。

なぜ早くQ国やX国で権利を確保しておかなかったんだ、知財部、使えねーな。

そう言いださんばかりの雰囲気といったら。

「別に誰が悪いわけでもないでしょ」

亜季が直面した針の筵《むしろ》を理解しているのか、北脇は淡々とした口ぶりながらもフォローを入れてくれた。

「パクリを放置するのは悔しいけど、日本国内でのみ権利を確保しているのがビジネスとして間違ってるわけじゃない。権利の取得や維持には金がかかるし、商品の販売予定がない外国で、逐一《ちくいち》権利を押さえる意味はないんだから」

「そうですけど……」

北脇の言いたいことは亜季にもわかる。実は、同じようなタレコミはお客様相談室にもよく寄せられるのだ。『おたくの飲料のパクリ商品、外国で売ってましたよ。対処してるんですか？　対策をとるべきじゃないですか――』。

そのたびに亜季たちは『国外のことなので、とくに対策はしていません』とか、『その国では権利を取得していないため、特別な対応はできません』などと回答して、失望されたりひんしゅくを買ったりしている。やる気がないとか、腰がひけてるとか糾弾《きゅうだん》される。ときには国という大仰なものまで持ちだされ、日本終わったな、なんて言われる。

しかし亜季たちの返答も、『なにもしない』という選択も別に間違ってはいないのだ。持っていない権利は振りかざせないし、そもそも月夜野ドリンクの商品を販売する予定のない地域で知的財産を保護する意味もない。なにひとつ儲《もう》からないうえ、権利の維持に金が喰《く》われるだけである。

ビジネスは、意地と矜持《きょうじ》を示す場ではない。そこで商売するつもりがないのなら、放置したってなんら構わない。

「でも、わたし思うんです」

「『緑のお茶屋さん』は月夜野ドリンクの魂《たましい》なんだから、権利がないからって外国のパクリ商品を放置するのは納得がいかない、なんとかすべきって？」

皮肉な調子で言い分を予想する北脇に、亜季ははっきりと答えた。

「違います。もちろんどうにかしたいって思いはありますけど、それは『月夜野ドリンクの魂だから』なんてふんわりした理由じゃありません。知財部員としてのわたしの意見はそうじゃありません」

当然、月夜野の魂を汚されるのは嫌だ。自分たちの汗と涙の結晶にただ乗りされて、いい気分なんてしない。排除できたらどれだけいいか。だが感情だけを振りまわしたって、なにも物事は解決しない。

「らしくないな。感情で突っ走って、なんだかよくわからないうちになにごともうまく丸く収めているのが藤崎さんでしょ」

そんなふうに言わなくたっていいのに、と亜季は思う。この上司と仕事をしてきて理解した。感情と理屈は対立しない。理屈は感情を抑えこんだり、無視したりするためだけにあるわけではない。

心の底に秘めた思いを叶えるため、自分を納得させられる結果を得るためにこそ、理屈は必要なのだ。そういう理屈の使い方を教えてくれたのは北脇だ。この上司のそういうところが、亜季は好きなのだ。

「じゃあ知財部員としての藤崎さんは、どういう観点でこの状況に憂慮してるの？」

だからこそ亜季は、北脇の問いにまっすぐに答えた。

「確かにQ国では、パクリ商品である『お茶処の緑さま』が意匠権を取得して、いわば本物扱いされて、『緑のお茶屋さん』が偽物《にせもの》になってしまっています。それがどうにもならないのはわかってるんです。ビジネスとしては放置が正しいのも。でもそれは、月夜野ドリンクが、主に日本国内で商売をしている今だけの話ですよね？　これからはわからないんです。他の国でもこういう問題が起きてしまうと予想できるんだから、先手を打って対策すべきじゃないかなって。放置は会社の未来のためにならないと思うんです」

「会社の未来」

「はい。だってうちの会社、このままではQ国ではずっと『緑のお茶屋さん』を販売できないってことですよね。それってなんだか、諦《あきら》めてるみたいじゃないですか」

模倣品が出回ってしまったとしても、その地域では商売しないのだから関係ない。

そうだろうか。

「パクリ商品に手を打たないのは今はビジネス的に正しいかもしれないですけど、会社の将来を狭める選択な気がするんです。いつか月夜野ドリンクも、世界をまたにかける大企業になるかもしれないのに。だからせめて、まだ模倣品が出回ってない国では、本物がこんな偽物扱いされるような羽目にならないように、ちゃんと対策しておく、それが知財部に求められる考え方で、みんなが求めている答えなんじゃないかって」

横井と富田が落胆したのも、きっとそこなのだ。知財戦略として放置は現実的。だがその現実的な回答には夢がない。会社の発展に蓋《ふた》をしているように感じられたのだ。

そう思われるのが、亜季には悔しかった。そうじゃない。知財の仕事は、選択肢を狭めて現実を突きつけるものばかりではない。

「なるほど」

北脇はわずかに表情を崩して『お茶処の緑さま』を置いた。

「つまり藤崎さんは、会社の未来を真剣に考えてるんだな。グローバル企業として羽ばたく月夜野ドリンクが、ちゃんと視界に入ってる」

「茶化さないでくださいよ」

「茶化してない。藤崎さんの言うとおりだと思うよ。『お茶処の緑さま』に対しても、知財的な観点では難しくても、搦《から》め手を使えばどうにかできる可能性は残されているし、もしどうにもできないにしても、これからを見据《みす》えて戦略を練ることはできる。僕だって、月夜野ドリンクが世界をまたにかける未来は必ず来ると思ってる。そう期待して、いつか来るその時代のために動いてきたつもりだ」

「それは……わかってます」

知っている。北脇は、外国出願やPCT出願といった海外での権利確保を積極的に行ってきた。この出向先にすぎない小さな会社の『いつか』のために、本気で投資をしてきた。

「藤崎さんに、うんと厳しく指導してるのもその一環だしな。まあそっちは嫌がられてる気がするけど」

「だから、嫌じゃないですって。そうじゃなくて――」

「とにかく期待してるから」

亜季に言葉を継がせず、北脇は軽い口ぶりでまとめにかかった。「僕は月夜野ドリンクに残せるものは全部残すし、藤崎さんに上司としてしてあげられることはできる限りする。いつかこの会社の誰もが、どんなときも、知財部があってよかったと思えるようにする」

「……ありがとうございます」

亜季はちょっと笑った。北脇らしからぬ壮大な物言いだ。いつか北脇はいなくなってしまうとしても、その日はまだ遠かろうに。

というわけで、Q国を席巻《せっけん》する『お茶処の緑さま』にはなにも手を打たない、いや打てないまま日々は過ぎた。そんなある日のことである。

月夜野ドリンクが保持している商標の一覧を睨《にら》み、来年も権利維持のための年金――ざっくり言うと年会費みたいなものである――を納める価値があるのはどれなのか考えていた亜季の背後で、熊井が北脇に話しかける。

「そういえば今宮食品、あれから結局なにも言ってこなかったね」

月夜野ドリンクは今宮食品に、打診があった特許を買うつもりも、値段交渉などに応じる予定もないと返答した。

その後今宮食品からはアクションはない。

「そうですね」と北脇はいつもどおりの声で返す。「現在こちらに送付するつもりで警告書を作成中の可能性もありますが……」

「どちらにしても、こちらは待ちの状態に入ったわけだね」

「ええ。いざ警告書が送られてきた場合の対応策も練りましたし、準備もすんでいます。現状僕が――いえ、知財部がすべきことは残っていないかと」

「親会社にも、そういうふうに報告したんだね」

「はい」

「それじゃ――」

ふたりの声は小さくなって、なにを言っているのかわからなくなった。なんだろうな、と亜季はちらと思ったが、すぐに仕事に集中した。熊井と北脇があぁして話をするのは別段珍しくもない。

それから上司たちはふたりして出ていって、知財部の部屋に響くのは亜季の叩くキーボードの音だけになった。

しかし五分も経たないうちに、スマートフォンの震える音が聞こえてくる。亜季は手をとめ眉を寄せた。自分の、私用のほうのスマートフォンが震えている。電話だ。

誰だ――と画面を確認して、亜季は小首を傾《かし》げた。

「遼子《りょうこ》さん？」

電話をかけてきたのは熊井の妻である。地元の新聞社に勤めているとても感じのよい潑《はつ》剌《らつ》とした女性で、熊井宅にお呼ばれしたときに亜季はすぐに仲良くなって、連絡先を交換していた。

その遼子からの着信、しかもビデオ通話だ。就業時間中になんだろう。もののわかった人だから、きっと今でないとだめな用事があるのだろう。とりあえず出てみるか、と通話ボタンを押した。

とたんに画面には、明るい笑みで手を振る遼子が映しだされる。

「あ、藤崎さん、お久しぶり！」

いつもどおりの潑剌ぶりだ。しかし、かと思えば遼子は急に声をひそめて、スマートフォンをぐるりと回し周囲を映しはじめた。

「さっそくだけど、わたしどこにいるかわかる？」

「えっと……」

なんだかよくわからないが、なにか理由があるのだろう。亜季は画面を覗きこむ。雑然とした店が、びっしりと並んでいる。外国だろうか。いや違う。

「ネオアジアンストリートですか？　アジア系のお店が並んでる……」

東京からほど近い海浜地区に、新興の商店が建ち並ぶ一角、『ネオアジアンストリート』なる界隈《かいわい》が最近できた。そこだろうか。

「すごい、正解」と遼子は驚いた。「もしかして来たことがある？」

古傷に指をさしこまれたような心地になって、はい、と亜季は小さな声で答える。

「五年前くらいに……」

あの、最悪な日に。

「じゃあ話が早いね。ちょっとこれ見てくれる？」

さばさばとした声が聞こえるやどこぞの店先が映しだされる。その思いもよらない光景を目にして亜季は顔をしかめた。

さまざまな国の食料品を売っている雑多な店先に、『今話題の品！』と大きく書かれた手書きの紙が貼られている。そのまえにずらりと並ぶのは、お茶飲料のペットボトル。

パッケージは深緑。

月を眺めるウサギの背中。

そう、これは『緑のお茶屋さん』――ではなく、あれである。

「『お茶処の緑さま』じゃないですか！」

やっぱりか、と遼子の苦い声がした。

「それって例の、Q国とかで売ってるっていう『緑のお茶屋さん』のパクリ商品でしょ。熊ちゃんに聞いてたから、もしかしてって思って」

「まさしくこれです！　日本ですよねそこ？」

「もちろん。藤崎さんの言ったとおり、ここはネオアジアンストリート」

と遼子はスマートフォンをかかげる。ちょうど建物のあいだから、湾岸を飾る大きな円状の物体が見える。

観覧車だ。

その影からとっさに目を逸《そ》らして、亜季は冷静に状況を分析しようとした。

日本未発売の『お茶処の緑さま』が、店頭に並んでいる。おそらく販売しているのだろう。

しかしあれはどう見ても『緑のお茶屋さん』の模倣品だから、日本国内においてまともな商社が取り扱うとは思えない。であれば、正規の流通を経て販売されている可能性は低いはずだ。個人輸入の類《たぐい》で、ひっそりと日本に入ってきたものか。

「さっきの店、アジアの食材を売ってましたよね。てことはこの店の店主が、直接Q国やらX国やらで『お茶処の緑さま』を面白がって買いつけてきたんでしょうか」

腹が立つが、海外で売っているパクリ商品をごく少数輸入して、勝手に売っている人間はときどきいる。

「でしたら少数少額だから、うちが権利行使するほどではないかもしれませんが――」

「いえいえ亜季ちゃん、ことはもうちょい困った事態みたいよ」

遼子は再び周囲を映しだす。その光景に、思わず亜季は声が出た。

画面の向こうに並ぶ、海外の食料品を扱う店。そのほとんどの店先で、『お茶処の緑さま』は大々的に売りだされていた。

「遼子さんによると、『お茶処の緑さま』はこの『ネオアジアンストリート』と呼ばれる界隈の大半の店舗で取り扱いがあり、なかには山積みにしている店もあったそうです。どこも在庫は潤沢に見えたと」

急遽《きゅうきょ》始まったミーティングでさっそく報告すると、北脇は嘆息まじりで腕を組んだ。

「ということは、どこかの商社のようなものが大々的に取り扱っており、各店舗に卸《おろ》しているると考えるのが自然か」

「だろうね」

熊井も考えこんでいる。

「それってまずくないですか？　だってあのお茶、うちの商品のパッケージを丸パクリしているんですよ。外国で売ってるからわたしたちは手を出せないで黙認みたいな状態になっちゃってますけど、日本国内だったらうちの意匠権の、あからさまな侵害品ですよね」

「そうなるね」

やはりそうか。ならばと亜季は身を乗りだした。

「訴えましょう！」

ようやく横井や富田に、知財部は無能なわけではないと証明できる。

「でも藤崎さん――」

焦る熊井に、大丈夫です、と亜季はすかさず返す。

「わかってます、さすがに喧嘩《けんか》っ早すぎますよね。警告書を送りましょう。それから税関に輸入差止申立の申請をして――」

「警告書だって充分喧嘩っ早いだろ」北脇はやれやれと突っこんだ。「そもそも藤崎さんはどこに警告書を送るつもりなの」

「それは……もちろん、パクリ商品を販売してる店にですよ」

「販売店にいきなり警告書を送りつけるなんて普通はしない。うっかりすると虚偽事実の告知・流布《るふ》行為とみなされて、不正競争防止法違反で僕らが捕まる」

「その恐れがないわけじゃないですけど……」

「だいたい、大元の商社を押さえられなきゃ意味ないでしょ。どこが卸してるのかもわかんないのに販売店に警告したら、最悪大元の商社には逃げられてしまうかもしれない」

仰るとおり、大元を叩かねば意味がないというのはそのとおりだ。

亜季が小さくなっていると、熊井も「そうだね」と苦笑した。

「まずは、どこの商社が関わっているのか、どういう会社なのかを把握するのが最初かな。いざ警告書を送るにしても水際対応するにしても、相手の商売の実態をできる限り知っていないと、効果的な手段に出られないでしょ」

警告書ひとつとっても、誰名義で出すか、どんなテイストの文章を書くか、そういう細かい部分でさまざまなニュアンスを醸《かも》しだせる。喧嘩ではなく、あくまで企業間の話し合い、ビジネスなのだから、ぎゃふんと言わせたいなんて感情で動くのは大悪手だ。相手との落としどころを予測して、そこにうまくもっていけるように、すべてを計算して立ち回らねばならない。そのためにも『ネオアジアンストリート』一帯に『お茶処の緑さま』をばらまいている商社がいったいどんな会社で、どのような考えをもとに輸入しているのか、詳細な情報を集める。それがまずなすべきことだ。

「どのくらいの量の模倣品を、誰が、どこの店に卸しているのか、きちんと現地調査する必要があるね」

現地調査か。なるほどと思っていると、熊井は急ににこにことして、とんでもない提案をしてきた。

「というわけで、北脇君と藤崎君で、観光客を装って実態を確かめてきてくれる？」

「え」

亜季と北脇が同時に動きをとめると、熊井は小首を傾げる。

「だめかな」

だめに決まっている、と亜季は焦った。この部長わかっていない、いやわかっていないふりをしている。男女が観光客を装う、それはつまり、ほぼ、デートを装って調べてこいと言っているに等しいではないか。

「待ってください、どうしてわたしたちが？　近くの営業さんとかに調べてもらえばよくないですか」

　立ちあがりかけた亜季に、熊井はのほほんと返す。

「知財部の人間が見てきたほうが正確に情報を摑《つか》めるでしょ。ネオアジアンストリート、そんなに遠いわけじゃないんだし」

「ですけど」

「僕がひとりで行ってきますよ」北脇が冷ややかにも思えるほど落ち着き払って口を挟んだ。「現地調査にそこまでマンパワーを割く必要はありません」

　そうだそうだと思いつつ、あまりに冷静な口ぶりに、亜季の胸は鈍く痛む。そうか、北脇は亜季とのデートもとい調査になど、まったく心動かされないのか。

　だが、いつもなら北脇の意見を「それもそうか」と受けいれそうな熊井は、今日はしぶとかった。

「ふたりで観光客を装うほうが怪しまれないでしょ。北脇君ひとりだと、いかにも調査に来ましたって感じだけど、藤崎君とだったら自然だよ、間違いない」

「ですが――」

「そう言わず、藤崎君に現地調査を経験させてあげてよ。それは上司として、北脇君がしてあげられることでもあるでしょ」

その一言に、なにごとかを言いかけていた北脇は口をつぐんだ。

それからゆっくりと息を吐く。

「わかりました。藤崎さんが構わないというのなら行ってきます。どうする、藤崎さん」

亜季はすこしだけ迷った。無論行きたい。でも行きたくない。怖い、それでも。

「嫌そうだな。じゃあやめってことで――」

「全然嫌じゃないです！」

前のめりに答えてしまってから、亜季は慌てて弁明する。「いえ、仕事なんですから、嫌だ嫌じゃないとかわたしが決められるのおかしくないですか？」

「なるほど、会社員として我慢すると」

「違いますよ！　ぜひぜひ同行させてください、わたしも一緒に行きたいです」

「大丈夫なの」

「全然まったく大丈夫です」

開き直って堂々と言った。そうだ、これはデートでもなんでもない。なにかが終わるわけでも、始まるわけでもない。あくまで業務。上司と部下としてのよい関係は、これからも長く続いていく。

「せっかくの実地調査なので、いろいろ教えてほしいです。わたしも知財部の一員として、おふたりを陰《かげ》に日向《ひなた》に支えられるような人間になりたいんですよ！」

胸を張って宣言すると、上司ふたりはきょとんとして、それから熊井は「立派になったねえ」と目を細める。

北脇は「言うことがいちいちでかいな」と呆れたあと、笑って目を伏せた。


というわけで現地調査に赴《おもむ》くことになった。観光客に見せかけたいわけだから、調査は当然私服で行う。砕けた服装で連れだって上京するところを誰かに見られたらあらぬ疑いをかけられるのでは、と北脇が言うので、別々に上京し、東京駅で落ち合うことになった。新幹線に揺られながら、別にあらぬ疑いを受けたところでいいのに、などと亜季は思っていた。そうしたら北脇はなんて言うだろうか。迷惑だと切って捨てるのか、それとも。

もちろんこれは仕事であるのは、よくよく理解している。とはいえ亜季は凡々人だから、平常心というわけにもいかなかった。昨日だって、どんな服を着ていけばいいのか夜中まで悩んで、結局とても気に入っている、袖《そで》にたっぷりと布が使われた、さわやかで颯爽《さっそう》としたチュニックをえいやと着てきたのである。その服装をどう感じたか、上司は口にも表情にも、態度にも出さないのはわかりきっている。だが内心では、ちょっとは似合っている、かわいいと思ってくれるかもしれない。そんな期待を捨てきれなかったのだ。

馬鹿だなわたし。

集合場所である東京駅の赤煉瓦《れんが》の壁を背に息を吐いた。

とっくに自分の気持ちはわかっている。なのにこうしてぐずぐずしている。踏みださない自分が嫌なのに、迷ったらとにかくバットを振るのが亜季の唯一の取り柄なのに、いろんなものが邪魔をする。上司だとか、親会社から出向している立場の人だとか、それよりなによりあの男が。

瀬名良平《せなりようへい》の名刺はまだ鞄《かばん》の底に落ちている。また失敗するぞ、全部失うぞと亜季を笑っている。大学時代、観覧車の中で見たのと同じ顔で……。

「藤崎さん」

「はい!」

ぴんと背筋を伸ばして振り返れば、丸《まる》の内《うち》のビル群を背にして上司が立っていた。いつものぴしっとしたスーツではないが、私服というほど砕けてもいない。ジャケットにシャツの、いわゆるオフィスカジュアルである。

などと亜季に思われたのを悟ったのか、北脇はジャケットの裾《すそ》をわざとらしく払った。

「代わり映えしなくて悪かったな。仕事してきたから」

「いえまさか、全然代わり映えしますよ！」

「コメントに困るけど、褒め言葉と受けとっておくよ、どうも」

北脇は淡泊に亜季を促した。当然ながら、亜季の服装にはいっさい触れない。予想どおりの、上司としての正しいふるまいである。ほっとしたような、残念なような。

それにしても。

「仕事してきたって、どこでです。虎ノ門《とらのもん》ですか？」

だったら連れていってくれればよかったのにと思ったら、北脇は意外なことを言う。

「違う。上化の本社に寄ってきた」

出向元である親会社、上毛高分子化学工業の本社に行ったから、オフィスカジュアルだったのだ。

「そういえば上化さんの本社って、丸の内にあるんでしたっけ」

「そう。そこのビル」と北脇は東京駅の目と鼻のさき、丸の内でもひときわ高いビルを指差す。

「え、あんなすごいビルですか？　さすが親会社……。にしてもわざわざ本社にだなんて、なにか用事があったんですか？」

摩天楼《まてんろう》を見あげつつ軽い気持ちで尋ねると、「まあね」と北脇も軽く答える。

「なんの用事だったかは、今日の調査が終わったら話すよ」

「え、教えてくれるんですね」

亜季は意外に思った。話してくれるということは、知財に関わる事案だったのか。やはり北脇は「そう」とあっさり答えると、冗談なのか本気なのか、いつもならば考えられないことを言いながらのんびりと歩きだした。

「とりあえずは調査に行こう。会社の金で観光できるなんて楽しみだな」


『ネオアジアンストリート』へ向かう快速に乗りこんだ。向かい合った青いシートに腰を落ち着けるや北脇は、目的地に着くまでは仕事以外の話をすると宣言した。そうしないといざ調査を始めたとき、話すネタがなくて難儀するからだそうだ。なるほど。

上司と仕事以外の話だけを続けたことなんてないから、そのうち話題が途切れて気まずくなるかもしれない、と最初は心配したが、まったくの杞憂《きゆう》だった。

「じゃあイラストを描くのは、こどものころからの趣味だったわけだ」

「そのわりに下手ですけどね」

「でも好きで、楽しんでるんでしょ」

「それはもう！」

「だったら最高の趣味だな。趣味は楽しく続けてこそだし、根岸《ねぎし》さんっていう理解者もいるわけで」

「それは本当にそうですね。ゆみはずっと応援してくれてますし、近頃は……むつ君っていうかわいいキャラもできましたし」

「僕をモデルにしたっていう噂《うわさ》のむつ君ね」

「だから違いますって！　そんなこと言ったら北脇さん、わたしのイラスト額を買ってくださいましたよね？」

「なんの話」

「え、ほんとに知らないんですか？　おかしいな……」

などと亜季に関する話題で盛りあがったのはわかるとして、北脇はなんと自分自身の話もすこしはした。

「弁理士バッジなくしちゃったことがあるんですか？　意外ですけど、困らなかったんですか？」

「そこまで実害はなかったな。僕は基本つけないし、代替品が買えるし。それにそのうち信じられないところから出てきたから」

「どこから出てきたんです」

「メダカの水槽。酔っ払った馬鹿が入れたんだな、おそらく」

「南《みなみ》さんですか？　酒にめちゃくちゃ弱いって本当だったんだ……待ってください、メダカ飼ってるんです？」

「ささやかに飼ってる」

そうなんだ、と亜季はゆるむ頰《ほお》を押さえた。意外……でもないな。北脇はリリイにもやさしいし、メダカも大事に飼ってそうだ。

そんなふうにして、湾岸の観覧車が見えてくるまでずっとたわいもない話をしていた。心配する必要なんてなかった。互いがどういう人間かはよく知っているし、会話の糸口はたくさんある。それになんだかんだ言って北脇は、このごろ亜季の前ではビジネスとプライベートをそれほど厳密に切りわけてもいなかった。

だからだろうか。ビルの合間から見える湾岸の観覧車がみるみる大きくなってきたころ、亜季はつい独り言みたいな調子で、ぽつりと尋ねてしまった。

「北脇さん、観覧車って好きですか」

言いながら観覧車から目を逸らした亜季に、北脇は一瞬目を向ける。そしていつもならば間違いなく『なぜそんなことを訊《き》くのか』と尋ねるところ、「いや」と答えた。

「好きか嫌いか判断できないな。乗ったことがないから」

「ないんですか？　一度も？」

「なにか問題ある？　必要がないから乗らない。それだけだけど」

「……ですよね」

いろんな意味で北脇らしい物言いだなと思っていると、北脇は観覧車を見つめたまま、ほんの雑談のように、だが北脇にしては踏みこんだことを尋ね返してきた。

「藤崎さんは、なにかあの遊具に嫌な思い出があるみたいだな」

今度は亜季のほうが、頬杖をついて外を眺める上司をちらと見やる。わかるのか。やっぱりこのひと、すごく聡くて繊細なところがあるのだ。

亜季はしばらく考えて、

「嫌な思い出ってほどでもないんですけど」

と努めて明るく切りだした。

「大学生のとき、すごく気が合う男友だちに誘われて、あの観覧車に乗ったことがあったんです。わたし舞いあがっちゃって、それでやめとけばいいのに、『これからもわたしと観覧車に乗ってくれますか』なんてかっこいいセリフを吐いちゃって。でも観覧車って、一度乗ったらなかなかおりられないものじゃないですか」

「そうなの」

「そうですよ！　そこの観覧車なんて一周二十分はかかります」

「え、そんなにか」

北脇が普通に驚いたようだったので、亜季は噴きだした。この上司、なんでも知ってる気がするが、別にそうじゃないのだ。

「……確かにあの大きさなら、一周そのくらいか」

「ですです。で、わたし馬鹿だから、乗ってすぐにそういうもったいぶった告白をして、あっさり振られたんですよ。『そんな勘違いしてたなんて思わなかった』ってはしご外されて、笑われて。そのあとの二十分がつらくてつらくて、トラウマで……ああでもえっと、今はもう図太くなったので、全然気にしてませんけどね！」

慌てて笑い飛ばした。不思議とするする言葉が出てくるので、上司相手にプライベート中のプライベートの話をしてしまった。

「というかすみません、たいして面白くもない話を――」

「そういう意味なら、僕も観覧車は嫌いだな。観覧車自体に罪はないけど」

「え？」

「実は乗ったことはないけど、乗ろうと思ったことは一度だけある」

「そうなんですか？」

戸惑っている亜季をよそに、北脇は続ける。

「こどものときに一度だけ、乗りたいと親に頼んだことがあった。ゴンドラを支えるアームが動くさまを間近で見てみたかったし、高いところから見た風景を確かめたかったんだな」

「……でも乗らなかったんですね」

「兄が乗りたくないと言ったから、なしになった」

え、と亜季は眉を寄せた。

「失礼ですけど親御さん、ひどくないですか？　北脇さんの乗りたいって希望は却下して、でもお兄さんの嫌だって希望は受けいれるなんて、ちょっと……」

「どちらの希望も受けいれるのは不可能だから。だったら希望に優先順位をつけて、どちらかを採用するしかない。合理的だし、理屈は通ってるし、僕は納得したよ。仕事だってそういうものでしょ」

なんてことのないような口調を崩さないから、亜季はなにを言っていいかわからなくなった。仕事は確かにそうかもしれない。なにを捨ててなにを守るか、シビアでビジネスな取捨選択が求められる。

だけど北脇さんは、納得したつもりになってるだけじゃないですか。本当はさみしくて悔しかったはずですよね。仕事ではなんだかんだで感情と理屈のバランスをとるのが上手なのに、自分の気持ちにはちょっとあまりにも不器用じゃないですか。

もちろんそんな踏みこんだことは言えない。だから亜季は冗談めかした。

「ちょっと嬉《うれ》しいですね」

「なにが？」

「だってわたしたち、あれじゃないですか、観覧車嫌い仲間じゃないですか」

車窓の向こうの観覧車に、猫パンチみたいなシャドウボクシングをかましてみせると、

「嫌な仲間だな」

と北脇も笑ってくれた。

目的の駅について、電車をおりて、歩いて十数分。

瀟洒《しょうしゃ》な駅前が、しだいにエネルギッシュで雑多な町並みに置き換わってゆく。ネオアジアンストリートの入り口である。

「よし、気合いを入れて調査しましょう！」

『ようこそネオアジアンストリート』と書かれた看板の下で、亜季は仁王《におう》立ちで両手を握りしめた。いよいよである。

が、北脇はまったく乗ってくれない。

「肩の力抜いて。なんのためにここまで仕事の話をせずに来たと思ってるんだ」

「いや北脇さんはさすがに肩の力抜きすぎじゃないですか？」

「なんで」

「それですそれ、月餅《げっぺい》！」

亜季は北脇の右手に収まった、立派な月餅を指差した。

この上司、ネオアジアンストリートの看板に至るまえからすでに買い食いしているのである。本場仕様の月餅、確かにめちゃくちゃおいしそうなのだが、だからといってさすがにどうなのか。

「ほしいの？　あげないけど」

「そういうことじゃなくて――」

と上司は、急に耳打ちした。

「あのね藤崎さん、これは極秘の調査だから、いかにもギラギラした目でまわりを観察してたらばれるでしょ」

「それはそうですけど……」

「物を買おうとしているように見せかければ、堂々と店先をチェックできる。見て回るのとさきほど月餅と合わせるための茶を購入した、こぢんまりとした食料品店の店先にちらと視線を向ける。

「『お茶処の緑さま』、店頭に六本、裏に見える範囲で二ケース。隣の屋台でも、その向かいの店でも店頭で取り扱ってるでしょ」

確かに。

「もう、調査は始まってたんですね。北脇さん、普通におやつ食べてるのかと……」

亜季の顔はいろんな意味で赤くなった。というか北脇さん、ちょっと距離近くないですか。いえ他人に聞かれちゃいけないからなのはわかってますけど、こういう距離感別に平気なんですか。わたしはそこまで平気でもないですすけど。

なんてことはもちろん言えず、亜季はやけになってタピオカミルクティーを買いに走った。ちまたで流行しているときには飲みそびれたが、やっぱり甘くておいしい飲み物である。飲んでいるうちに開き直ってきた。そうだ、これは仕事。仕事として、堂々と甘くておいしい観光旅行を楽しむのだ。

「あ、この唐揚げ粉があれば、家で台湾《たいわん》風唐揚げを作れるらしいです。買おうかな」

「なんで被せてくるかな。今まさに僕が買おうと思ってたのに」

「お互い買えばいいじゃないですか。というか北脇さん、唐揚げも作るんですね。まあでもそうか、海老《えび》フライ作れるんだから、唐揚げなんて楽勝ですよね。北脇さんの唐揚げ、すっごくおいしいんだろうな」

「どうだか。入社したばっかりのときに同期連中の宅飲みに持っていったときは、淡泊だってさんざん不評だったけど」

「じゃあむしろ期待大ですね」

「なんでそうなる」

「若い男性って濃い味が好きじゃないですか。そういう人が淡泊って言うなら、わたしにとってはぴったり好みの気がします。今度お弁当で持ってきてくださいよ！　わたしもとっておきのレシピで作ってくるので、交換しましょう」

はしゃぐ亜季に、北脇は苦笑した。

「……機会があったら」

表向きそんな会話を繰り広げつつ、もちろん亜季は目的を忘れたりなんてしなかった。ネオアジアンストリートをしらみつぶしに見て回り、目を光らせて、どこの店に『お茶処の緑さま』が置いてあるかのチェックを続けていく。

その結果、かなり思わしくない事態であるとわかってきた。

「遼子さんの言うとおり、けっこうな割合の店舗で『お茶処の緑さま』を取り扱ってたな。つまりこの界隈でそれなりに流行《はや》ってる状況で、よろしくない傾向だ」

看板の前に戻り、北脇は難しい顔で賑わう通りを眺めた。亜季もこそこそとうなずく。

「これだけの店舗で販売してるのに、黙認ってわけにはいかないですもんね……」

どこぞの店が個人で買いつけているくらいなら、警告もそう難しくはないし、場合によってはごく少数の流通であるからと目をつむることだってある。だがこれだけ多くの店が取り扱っており、しかも流行しつつあるのなら、月夜野ドリンクとしては見過ごすわけにもいかない。これ以上大々的に商売されては困るのだ。

「どうします。税関に申立するにしても、予想される輸入者の名前がわかっていたほうが効率的ですし……『お茶処の緑さま』を扱っている商社がどこなのか、そのあたりの店からそれとなく訊きだしてみますか」

「そうだな。これは藤崎さん向きの仕事かもしれない。頼める?」

亜季は拳《こぶし》を握って答えた。

「頑張ります。期待しててくださいね!」

亜季は『ネオアジアンストリート』と書かれた看板のすぐそばの、小さな食料品店に近づいた。この界隈が盛りあがるよりかなりまえからあるのか、年季の入った店先には、雑然と商品が並べられている。そのこぼれ落ちんばかりのラインナップのなかに、ばっちり『お茶処の緑さま』の姿もあった。

よし。

ひそかに気合いを入れてから、一転にこにこと店の平台に近づいていく。店番をしているのは、使いこんだ揃いのエプロンをまとった老夫婦である。

「ひととおり回ってみましたけど、やっぱりこのお店のラインナップ、魅力的ですよね」

などと北脇に語りかけながら、まずはいくつかの品とともに、『お茶処の緑さま』を三本購入した。一本は証拠確保用、あとの二本は今ふたりで飲んでみせる用だ。

しかしこのお茶、何度見ても『緑のお茶屋さん』そっくりである。今日もちらほらと購入していく客を見かけたが、そのすくなくない人数がパクられ元、月夜野ドリンクの『緑のお茶屋さん』だと誤解している気さえする。

なんだかな。

もやもやした気分を抑えつつ、「喉渇《のど》いちゃいましたし、飲みましょうか」と『お茶処の緑さま』を口にした。

「あ、おいしい！」

もちろん演技だが、残念ながらやや事実である。富田が妹から聞いたとおり、なかなか味わいもよい。『緑のお茶屋さん』のような深い哲学を感じさせる渋みは皆無だが、普通の緑茶飲料としては合格点だ。

悔しい。しかし今は好都合でもある。すくなくともリアルな『おいしい！』の表情を作りだせたから、調査の目的を察されることはないだろう。

ならば次。

「あのすみません。さきほどこちらで買い物をさせていただいた者なんですが」

いよいよ、店先の椅子《いす》にちょこんと座っている老婦人に声をかける。

「どうしたの。不良品でも交じってた？」

のんびりと答える老婦人に、亜季は笑顔で「いえ」と返した。

「ペットボトルのお茶をいただいたらとてもおいしくて、びっくりしてしまって」

「そうでしょ」と老婦人は嬉しそうだ。「近頃の売れ筋でねえ。若い人もこぞって買っていくのよ。なんでも『緑のお茶屋さん』にそっくりなんだとかで」

ねえ、と老婦人は振り返り、店の奥の事務机に座っている老人に声をかける。年代物のファックス付き電話機の傍《かたわ》らで帳簿を書いているらしき老人は、顔をあげずに「そうさなあ」とつぶやいた。

「うち以外の店でも、ここのところはみな取り扱いはじめておりますわ」

「納得です。だっておいしいし、なにより『緑のお茶屋さん』そっくりですごく面白いですもんね。飲み比べなんかも盛りあがりそうですし」

まったく面白くもなんともない。月夜野ドリンクのみなの汗と涙の結晶をなんだと思っているのか。この夫婦だって長く商売してきたのなら、これが違法すれすれだと本当はわかっているはずだ。なのに売れるからと目を逸らしているだけではないか。

そんなことは当然おくびにも出さず、亜季は背後の北脇を振り返った。

「これ、わたしたちの店でも売りたいですよね」

「そうだな」

と北脇は、嘘《うそ》くさい、だからこそ魅力的に見える笑みでうなずいた。「僕らの店でも取り扱えれば、人気商品になるかもしれない」

ですよね、と亜季も微笑む。実のところ今の亜季たちは、地方の小売店のバイヤー仲間が、買いつけついでの観光にやってきたという設定で動いていた。商品の出どころを探るためには、売買に興味があるふりをするのが一番いい。あらかじめ、架空の店のバイヤーに扮《ふん》するために、偽の名刺さえ用意済みなのである。

それではと亜季は老婦人に向かい合う。両手で偽の名刺をさしだしながら、丁寧に切りだした。

「この『お茶処の緑さま』、わたしたちの店でも取り扱えればと思いまして。もし差し支えなければどちらの取引先さんから卸しているのか教えていただけませんか？」

これでめでたく取引先の名前を引きだせれば、今日のミッションは完了だ。会社に戻り、相手の会社について調べを進めて、今後の方針を決めることができる。順調ではないか。

しかし。

名刺をさしだした亜季を、老婦人は時がとまったように見つめ、数度瞬《またた》いた。それからゆっくりと老人のほうに首をやる。

「ねえ、『お茶処の緑さま』を売りたいんだって」

「へえ」と店の奥から声が返る。老婦人はまた亜季に目をやって、見定めるように首を傾げた。

「あんたら、このへんで商売してるの」

「いえ、北関東です」

と名刺に書かれた住所を示す。会社の倉庫のものである。

ふうん、と老婦人は名刺を手に取り、近づけては遠ざけて眺めた。それからおもむろに顔をあげる。

「『お茶処の緑さま』を卸してる会社はひとつだけでね。このあたりに古くからある会社なんだけど」

「一社だけなんですね」

それは好都合だ。現状では一企業しか輸入していないのなら、まずはそこの輸入品を差止してしまえば、国内の流通は激減する。

「ねえお父さん」と老婦人がまた話を向けると、奥の老人は、「そうだよ」とぼそりとつぶやき、年代物のファックスに備えつけられた受話器をとった。

亜季は慎重に調査を続ける。

「どういった会社なんでしょうか？」

「だからこのあたりで古くから商売してるとこ。元締めみたいなね。だから、あんたたちみたいな遠くの店とは商売してくれないんじゃないかなあ」

「そこをなんとか」

老婦人はなかなか首を縦に振ってくれない。諦めず頼みこんでいると、急に北脇が声をひそめて、亜季の鞄を引っ張った。

「藤崎さん、行こう」

そんな、もうすこしで会社名がわかりそうなのに、と亜季は思ったが、北脇の判断に異議を唱えるほど馬鹿でもない。

「えっと、とりあえずまたお伺いします。いろいろ教えていただきありがとうございました、それじゃあ」

そう踵《きびす》を返そうとしたときだった。

亜季の顔から、さっと血の気が引いた。

腕。

誰かに腕を握られている。

息を呑《の》んで振り返れば、たった今まで話をしていた老婦人が、無表情に椅子から身を乗りだし亜季の手首をわしづかみにしている。

なぜ。

「あの、放してくれませんか？　……あの」

困惑してそっと押しやろうとしても、存外力が強くてびくともしない。返事もない。老婦人は、視線を逸らして黙りこくったまま、亜季の手首を握りしめている。

亜季は青ざめた。なんなのだ。なぜ急に腕を握られた。どうして引き留められている。わからない。とにかく身動きがとれない。無理やり振りはらおうにも、この状況では盗みでも働いたと周囲に思われるだけだ。

逃げられない。

「藤崎さん」

北脇も異変に気がついたのか、パニックになりかけている亜季のそばに駆け寄った。手を出せないのは同じだが、ただこの上司は至極冷静だった。亜季に「大丈夫だから」とささやくと、老婦人に向き直って問いただす。

「どういうことです？　なぜ彼女を引き留めているんです」

「……悪いけど、あの会社怖くてね。言われたとおりにしないと」

「僕らがなにかしましたか。ただ商品を仕入れたいと思っただけなのに」

「そりゃあたしらも理由は知らないけど――」

「困りますね、うちの商品について嗅《か》ぎ回られると」

背後からドスの利いた男の声がして、亜季はひっと声をあげそうになった。

屈強な男が三人、こちらを睨み据えている。軽く足をひらいて、いつでも殴りかかれますという顔をしている。一見して話の通じる相手ではないのは明白だった。いざとなれば暴力のひとつやふたつ、簡単に振るいます、振るってきましたよという空気をびんびんに醸しだしている。

なんなんだこの人たち、と後ずさってはたと気がついた。そうか、老婦人が今こうして亜季の手を放さないのは、この男たちが来るのを待っていたからだ。『お茶処の緑さま』について尋ねた亜季たちを逃がさず、この男たちに引き合わせようとしていたのだ。

であればこれからなにが始まる。脅《おど》されて、拉致《らち》でもされたら……。最悪なシチュエーションが次々と脳裏に浮かぶ。

さすがの北脇も、一瞬ひるんだように息を呑んだ。しかしそのひるみを察したのはたぶん亜季だけで、すぐに上司は落ち着いた調子で問いかけた。

「あなた方は、『お茶処の緑さま』を取り扱っている企業の方ですか?」

「だったらなんですか?」すぐさま中央の強面《こわもて》の男が、慇懃《いんぎん》な低い声で答えた。「人の庭で勝手なことをしてくださって」

「勝手などしていませんよ。我々も我々の店で『お茶処の緑さま』を取り扱えればと――」

「嘘はいけませんよ。あなた方さっきから、そこら中の店でうちの商品の販売状況を確認してたじゃないですか。なあ?」

男は瞬きもせず北脇を覗きこむ。あまりに怖くて、亜季ひとりならなにも悪くなくとも『すみませんでした!』と叫んで逃げだしていただろう。

しかし北脇は目を逸らさず、それどころかにこりと笑ってみせた。

「なるほど。我々を疑っていたんですね。それで、もし我々が商品の仕入れ先を問いただしてくるようならば店先に引き留めろと各取引先を脅し――いえ、要請されていた。その要請どおりにわたしの部下を引き留めて、そのあいだにお越しになったわけですか」

　そうですね、と北脇は強面の男ではなく、老婦人に尋ねる。老婦人は答えず、ただ気まずそうに亜季の腕を放した。その視線が店の奥にいる老人に向けられたので、亜季は北脇の推測がほぼ正しいのだと悟った。老人の手元には、ファックスで送られてきたらしき紙が一枚。きっとあの紙に、『怪しい二人組が『お茶処の緑さま』について尋ねてきたら引き留めて連絡を寄こせ』と書いてあるのだ。そして老人がさっきかけていた電話は、それを受けての密告か。なんてこった。

　などと亜季がショックを受けているあいだにも、北脇は口を休ませなかった。

「そちらからお越しいただけて、我々としてはありがたいです。今ここで早急に、御社の取り扱われている模倣品についての協議を始められるわけですから」

　嘘の設定などかなぐり捨てて、真っ向から『模倣品』と指摘する。男のほうも予想どおりなのか、特段動揺も見せずに目を少々細めただけだった。

「協議？　なんの話でしょう。我々はまっとうな商品しか取り扱っておりませんが」

「それはおかしい。みなさんはこちらの『お茶処の緑さま』が弊社《へいしゃ》商品の模倣品だと認識されているからこそ、我々が調査に訪れたのだと考えていらっしゃるのですよね？」

「おや、今、弊社、と仰いました？　そうですか、ならばあなた方は『緑のお茶屋さん』の販売元、月夜野ドリンクの社員さんというわけか」

男は言質《げんち》をとった気になったのか、なるほどねえ、と勝ち誇った笑みを浮かべる。

まずい。亜季はいろんな意味で蒼白になった。

こんなところで正体がばれてしまってどうする。本来ならば、今日の調査結果を社に持ち帰り、こちらが動いていると悟られないままに相手の情報を慎重に集めたうえで、この『お茶処の緑さま』を輸入している謎の企業への対応策を決める手はずだった。

だがここで名指しされたら、もう予定はめちゃくちゃだ。なによりこの物騒な男は社名を握ることで、月夜野ドリンクだけではなく、亜季や北脇という個人を脅しにかかろうとしている。

はらはらする亜季をよそに、北脇はここに至っても不敵な笑みを崩さなかった。

「そのとおり、我々は月夜野ドリンク知財部の者です。我々は、弊社商品『緑のお茶屋さん』のパッケージに関する意匠権を保持しております。そして御社の輸入、卸売りされている『お茶処の緑さま』は、弊社の意匠権を侵害していると考えています。よって我々は今後すみやかに、税関に対して知的財産侵害品の輸入差止を申請します。また御社には、日本国内に存在する侵害品の販売中止を求めます」

崩さないどころか堂々と自己紹介したので、亜季の目はこぼれ落ちそうになった。いや
北脇さん、これどう収束させるんですか。
　わかっている。逃げるに逃げられない以上、今ここで口頭でもなんでも警告したうえ、
なんとか話をまとめねばならないのだ。男は、亜季たちが社名を出されて怯《おび》えて動揺する
のを期待してゆさぶりをかけている。侵害品なのは間違いないのだから、ここで退《ひ》いては
いけない。
　だが実際問題、北脇がどうするつもりなのかわからなかった。こちらに勝算はあるのか。
相手は間違いなく暴力を盾に、『お茶処の緑さま』の国内販売の黙認を求めてくる。黙認
させたいからこそ、こうして亜季たちを屈強な男たちで囲んでいるわけだ。
　一方月夜野ドリンクの勝利条件は、この社名もわからないどこぞの社員たちに、『お茶
処の緑さま』が月夜野ドリンクの権利を侵害している可能性が高いと認めさせたうえ、日
本の市場から撤退すると約束させること。
　しかし腕力的に、こちらの望んだゴールに至るのは極めて難しいのではないか。亜季は
無事群馬に帰りたいし、北脇にも無事でいてほしい。万が一のとき北脇は庇《かば》ってくれるだ
ろうが、庇われるのなんて最悪だ。
「販売中止？　そんなものするわけないでしょう。うちの輸入品はあんたの会社のパクリ

でもなんでもない。なに言ってんだお前」

案の定、男はあからさまに気分を害して北脇に詰め寄っている。思わず身をすくめた亜季の前に立ち、北脇は続けた。

「わたしがなにを警告しているのか、ご理解なさっているはずですが。なぜならあなたはこの『お茶処の緑さま』が、我が社の権利を侵害している可能性が高いときちんと認識なさっている」

「認識なんてしてねえって言ってんだろうが」

男はさらに凄《すご》んでみせる。だが北脇も負けじと言いかえした。

「いいえ、あなたはさきほど、我々が『緑のお茶屋さん』の製造メーカーの社員だとすぐに見抜かれたではないですか。それはあなた自身、『お茶処の緑さま』が『緑のお茶屋さん』のパッケージを模倣している、そっくりである、パクリであると認識しているからに他なりません。だからこそ我々が調査していると聞いて、被侵害品のメーカーが侵害の警告に用いる証拠を集めにやってきた、と早急に手を打ったのでしょう?」

違いますか、とでも言いたげな北脇に、男たちはますますいらいらとしはじめた。左右のふたりなど今にも手が出そうだが、観光客も多い路上がすぐそこである手前か、なんとか抑えているという状況である。

そして中央の強面の男は、当初の慇懃さなどもはやかなぐり捨てて、めちゃくちゃにガンを飛ばして北脇を脅しにかかった。

「そりゃパクリ商品だってわかるに決まってんだろ、これだけそっくりだったらな。だけどそういう商品を外国で売られて、人気までかっさらわれたのはお前らの責任だろ。俺らじゃない」

「確かに我々はQ国やX国で意匠権を保持していません。ですから当該国で模倣されても、違法と糾弾はできません」

「おい、糾弾できないって認めちゃったよ。じゃあなんの問題もないな、はいはい帰った帰った――」

「ですがここは日本ですので、あなた方は日本の法に従わなければならない」

「なんですか、自分たちの落ち度のくせして僕らを訴えるとでもいうんですか？」

「ええ訴えますよ」

　と北脇は言い切った。

「この『ネオアジアンストリート』があなた方のシマであるのと同じく、日本国内は我々のシマですから、いつでも法に訴える準備はあります」

「……お前、そんなことしたらこの姉ちゃんがどうなるかわかってんだろうな。かわいそうに、小さくなって震えてるじゃねえか」

男は身を乗りだして凄みにかかる。北脇はすぐに言いかえそうとしたが、背後で小さくなっている亜季に気づいて口をつぐんだ。

その隙《すき》に、男は勝ち誇ったようにまくしたてる。

「だいたいあんた、訴えるって、どこを訴えるつもりなんです?」

「それは――」

「俺たちが誰で、どこの会社の者かもわかってないくせに」

「……後日調べれば、すぐにわかりますよ」

「後日があればよいですね。あれば」

北脇はまたしても言葉を呑んだ。押しこまれている。

「ねえ月夜野ドリンクさん。我々をどうやって訴えるんですかね。僕らはいったい誰なんでしょうねえ」

とうとう北脇は、形勢を挽回《ばんかい》できないと判断したらしい。煽《あお》ってくる男から目を逸らさず、チュニックの大きな袖で身を守るように背を丸める亜季にささやいた。

「藤崎さん、たぶん走るの得意でしょ。全力で走って」

逃げろと言っているのだ。とにかく亜季だけでも、この場を脱しろと。

どうする。

亜季は北脇の後ろに隠れながらまわりを窺う。みな亜季は怯えきっていると思っている。震える若い女なんてどうにでもなると侮《あなど》っているのか、屈強な男たちは亜季なんて見ていないし、老夫婦の目も北脇と強面の男へ向いている。

そして北脇の背にも、はじめて焦りが見えた。

口をぐっと結んで、大きく広がった袖に隠れた手元に目を落とす。言われたとおり逃げて、通報するのが最善なのか。逃げ切れるのか。

それとも可能性に賭けるべきか。泥だらけになって頭からスライディングすれば、なんとかベースに届くかもしれない、と。

一瞬だけ考えて、亜季はすぐに決めた。

そして短く息を吸って、北脇の耳にささやき返した。

「わかりました。走ります」

言うや雑踏のほうに走りだし――はせず、店主の老人の目の前、ファックスの傍らに置かれた紙を引っ摑んで、ふんわり袖の陰に隠し持っていたスマートフォンを向けた。

向けた瞬間に撮影ボタンを押す。パシャと電子音がして、証拠は亜季のスマートフォンにしまわれる。あらかじめカメラは起動しておいたから、ボタンを押すだけだった。

「お前、なにをやってる」

強面の男がようやく気がついたがもう遅い。

「『陣取行脚《じんどりあんぎゃ》』さん、ですよね？」

震える手で急いで画像を熊井に送信しながら、亜季は言った。

「……なんの話だ」

「こちらのファックス用紙にしっかり書いてあります。『お茶処の緑さまについて尋ねる二人組がやってきたら、店頭に留め置くように。陣取行脚』って。『お茶処の緑さま』を輸入して、この一帯に卸しているのはあなた方、陣取行脚さんですよね？」

男たちの顔色があからさまに変わった。今まで亜季のことなど歯牙《しが》にもかけていなかった強面の男が、大股《また》で歩み寄ってくる。

「だからなんだって言うんだ。お前、どうなるかわかってんだろうな」

殴られる。亜季はとっさに身をすくめる。しかしすかさずあいだに入った北脇は挑むように言いかえした。

「そちらこそ、実際に訴訟になったらどうなるかおわかりですか？」

「訴訟訴訟ってうるせえなてめえは！」

「もし侵害訴訟に発展すれば、我々のような仕事をしている者は、否応《いやおう》なしに御社に注目します。そのような事態になって困るのは御社でしょう」

腕を今にも振りおろしそうだった男は、うなるように言った。

「……どういう意味だ」

「なぜなら御社はこの『お茶処の緑さま』以外にも、税関の目をかいくぐって輸入したグレー、ブラックな商品を多数卸していらっしゃいますよね？」

北脇は店先を見渡して、言葉もない男に畳みかける。

「そのような違法商品に注目が集まってほしくはないなら、今我々と穏便に手を打つべきです。『お茶処の緑さま』の国内での販売を諦めていただけませんか？　それさえ諦めていただければ、我々は訴訟は起こしませんし、御社がお取り扱いになっている他商品に関してもいっさい関知いたしません」

「……見逃すって言いたいのか？」

「見逃すもなにも」と北脇はいつもの嘘くさい笑みを浮かべた。「他社の商品に関しては、我々の職責の範疇《はんちゅう》ではございませんので」

強面の男はしばらく亜季と北脇を睨んでいた。一発殴ってやりたいと思っているのは明白だったが、やがて忌々《いまいま》しげにつぶやいた。

「わかった、それで手を打ってやるよ」

そうして踵を返そうとする男を、北脇は「お待ちください」と引き留める。そして笑顔でこう促した。

「念書をいただきたく思います、陣取行脚さん」

投げすてるように渡された念書を手に、亜季と北脇は可及的すみやかに『ネオアジアンストリート』を脱した。そのまま足をとめずに歩き続ける。いつのまにか湾岸地域へ近づいていたようで、整然と建ち並ぶ商業施設やホテル、遊園地がみるみる大きくなってくる。ここまで来れば、間違いなく陣取行脚の『シマ』ではないだろう。そう確信できるところまでやってきて、北脇はようやく足をとめた。

「すごいです北脇さん！　あんな怖いひとに全然物怖《ものお》じしないで、こちらの言い分を通しちゃうなんて」

ふたりは海を望むベンチに、すこし離れて並んで腰をおろした。腰を落ち着けるや、亜季は興奮してまくしたてた。

「わたしだったらとても、あんなふうに格好よく言いかえせないですよ。はいはいってうなずいて言い分を受けいれちゃうか、後先を考えずに逃げるか。でも北脇さんはガン飛ばされても凄まれても全然平気で」

「平気なわけないでしょ……」

いつもびしっと背を伸ばしている上司がぐったりと頭を垂れたので、亜季はちょっと驚いた。魂、抜けちゃってるではないか。

「……北脇さんも怖かったですか？」

「怖いに決まってる」

盛大に嘆息しながら、北脇は指を組んではひらいている。「あんな、すぐに殴ってきそうな男とやり合ったことなんて僕もない。なにごともなく切り抜けられてよかった。もし藤崎さんになにかあったら……ご両親になんて謝ればいいのかと」

亜季は驚いて、それからほっと笑った。そうか。北脇さんも怖かったし、緊張していたのか。わたしと同じなんだ。

「急にファックス用紙を取りにいって、びっくりさせてすみません」

「心臓がとまるかと思った」

「すみません」

「でも藤崎さんが相手の会社名と証拠を摑んでくれてなかったら、正直詰んでたかもしれない。助かった」

「そう言ってもらえると頑張ってよかったです。まあ、わたしが役立ったのなんてそれくらいで、北脇さんがいなければどうにもならなかったんですけど」

「まさか」

北脇は深く息を吐いて、なんだかあんまり聞いたことのない、やさぐれた声でつぶやく。

「情けない上司だよ」

え、と亜季は声につまった。

「なんでそうなるんですか」

「藤崎さんに模倣品の調査を勉強してもらうつもりだったのに、なんの参考にもならない大失敗だった。ほんとはちゃんと社内で戦略を練って、警告書なり申立書なりを用意して、それからきちんと、冷静に相手と協議するんだ。あんなめちゃくちゃな方法は間違ってるからな」

「破天荒な感じになっちゃったの、相手のせいじゃないですか」

「違う。僕の考えが甘かった」

「……もし今回のが正しい解決方法じゃなかったとしても、北脇さん、ちゃんとこちらの要求は通して、みんなの汗と涙の結晶を守りましたよ。普通にかっこよかったです。ヒーローみたいでした」

本当は、『みたい』ではない。

ヒーローなのだ。すくなくとも亜季にとっては。

北脇は黙りこくった。

しばし口をつぐんで、じっと靴のさきを見つめていた。

それからおもむろに海のほうに視線を移し、静かな調子で言った。

「ドラマみたいなセリフをありがとう」

「わたし、本気で言ってますからね」

「わかってるよ。それが藤崎さんのいいところだからな」

ありがとうございます、と亜季は答えたが、北脇から反応は返ってこない。

再び沈黙している。さきほどとは種類の違う沈黙だ。

「……どうしました？」

痺《しび》れを切らして尋ねれば、北脇は一度口をひらき、またとじる。組んだ手を組み変えて、
ようやく言った。

「そういうかっこいいセリフを、もうすぐ聞けなくなるのが残念だ」

亜季は瞬いた。意味がよくわからなかったのだ。

聞けなくなる？　なにがだ。なぜ。

……まさか。

息をとめて、北脇の横顔を凝視する。北脇は、すこしだけ笑みを浮かべている。

「お察しのとおり」

そして言葉を見つけられない亜季の代わりに、こう告げた。

「僕は親会社に戻ることになったよ」


帰任命令が出ること自体は、けっこうまえから聞いていたそうだ。

だが北脇はこの出向を数年がかりの仕事と考えていたから、あまりに早すぎる、もうしばらく月夜野ドリンクに残りたい、そう上司らの助けも得て、人事と粘《ねば》りづよく交渉したのだという。しかし結局引き出せたのは、今宮食品の特許買い取りの件が落ち着くまでは、という譲歩だけだった。

「さっき本社に寄って、今宮食品の件の進捗《しんちょく》を報告してきた。藤崎さんも知っているとおり、特許の買い取りはできないと回答したあと今宮食品からはレスポンスもないし、人事としてはあの件は落ち着いたとみなしたようだよ」

それで、と北脇はベンチ前のひらけた広場に目をやった。

「正式に辞令が出ることになった」

「……そうなんですね」

亜季はそれしか返せなかった。言葉を溜めこみ、口をぎゅっと結んで、いまや遮《さえぎ》るものもなく湾岸の青空にそびえ立つ観覧車を眺める。

胸のうちではいろんな感情が膨れあがっている。急すぎる。必要とされるあいだはずっと月夜野ドリンクにいると、ついこのあいだ言ったじゃないか。必要なのだ。今北脇がいなくなったら月夜野ドリンクは、知財部は、亜季はどうしたらいい。

行かないで。

だが、

「仕方ない、僕らは会社員だから」

北脇がそう言った瞬間、亜季は喉から飛びだしかかっていた言葉を全部押しこめた。

そうだ、行かないでくれなんて言えない。北脇を責めてはならない。引き留めたって仕方ない。これは北脇個人にどうにかできる問題ではないのだから。

でも、そっか。

湾岸のひらけた空に丸く浮かぶ観覧車を眺めながら、亜季はぼんやりと思った。

北脇さん、いなくなっちゃうのか。

「にしても、会社員って難儀な仕事ですよね」

目の前の広場をこどもたちが笑って駆けていく。

その楽しげな声が遠ざかったころ、ようやく亜季は再び口をひらいた。できる限り、明るい調子で言った。

「急にあっちに行けだの、こっちに行けだの言われるんですもん」

「それで苦労した経験、藤崎さんにもあるの」

「ありますよ！　それこそいきなり知財部への異動辞令が出たときは、めちゃくちゃ驚きましたし、えーってなりました」

北脇は少々考えて、「そりゃそうか」とつぶやいた。

「確かに藤崎さんは苦労したし、嫌だっただろうな。親会社が押しつけてきた上司と、全然馴染《なじ》みのない仕事をしなきゃいけないんだし」

「ちょっと待ってください、嫌だと思った瞬間はほとんどなかったですよ。最初からやる気はみなぎってましたし、北脇さんがくれたメールも心に響いてましたし」

「今、異動で苦労したって言ったじゃないか」

「苦労はしたけど、嫌じゃなかったってことです。そりゃなにごとも、新しく始めるにはパワーを使うじゃないですか。それが会社都合での異動だったらなおさらです。だからめちゃくちゃやる気はみなぎってましたけど、めちゃくちゃ不安でもあったんです。頑張りたいけど怖じ気づいてもいる、みたいな、うまく言えないですけど」

「相反する複雑な感情があったと」

「そうですそうです、わたしだって、北脇さんが思ってるほど単純なタイプってわけでもないんですよ？」

冗談のつもりで言ったのだが、北脇は至極真面目に答えた。

「僕は藤崎さんを単純なタイプだと思ったことはないよ。いや、赴任当初は少々思ったけど、今はまったく思ってない」

「……あの」

「ちなみにこの機にはっきり言っておくと」

と北脇は亜季の戸惑いを遮り続けた。

「僕は藤崎さんの見た目と中身が乖離《かいり》していると思ったことも一度もない。もし乖離しているると言う人間がいるとしたら、そいつはなんにも見えていない馬鹿か、ただ藤崎さんを傷つけようとしたクソ野郎だから、そんな人間の発言をいつまでも引きずる必要はいっさいいない」

亜季は上司の横顔を見やった。その横顔は、傾きつつある太陽に照らされる観覧車を見つめている。

「……知ってたんですか」

　大学時代、瀬名良平に『見た目が好みじゃない』とこっぴどく振られたことも、それをいまだに吹っ切れていない事実も、北脇は知っていたのか。

「黙ってたのは申し訳なかった。社内での藤崎さんを心配した根岸さんに、相談を受けたことがあったんだ」

「そっか、ゆみが」

「そのときは、上司としてはなにもできないって返したけど」

ゆみは別に『社内での亜季を心配』していたわけじゃないと亜季はすぐに気がついたが、言わなかった。

「もうすぐ上司でもなくなるし、今日はある程度踏みこんだことを言わせてもらう」

そう言って、北脇はこちらへ目を向けた。

まっすぐに亜季を見つめて口をひらいた。

「藤崎さんは大丈夫だから。藤崎さんは立派な知財部員だから、これからもうまく仕事を回していける。一人前にだってなれるし、頑張れば熊井さんにも又坂さんにも、ふたりを合わせたような人間にだってなれる。それから」

北脇は一瞬、夕焼けに赤く光る観覧車に目を移し、息を吸う。

「それから藤崎さんは、これからの人生で何度でも観覧車になんて乗れるから。大事なひとたちと、乗りたいと思っただけ乗って楽しい思いができるから。それは僕が保証する」

亜季は口をあけてはしめた。

わかっている。

北脇は理屈の男である。それがここまで踏みこんだことを言うのはつまり。

これは別れの言葉なのだ。すべての関係が途切れ、いっとき交わされた上司と部下という名の絆《きずな》が消えたあとに残される、寄る辺のない元部下の背中を押すため、そのためだけに用意された、北脇流のさよならだ。

「……もし」

必死に言葉を探した。なにか言わなければ終わってしまう。北脇は上司でなくなって、月夜野ドリンクを去って、あっさりといなくなってしまう。嫌だ。この絆を失いたくない。どうしたらいい。

「もし仕事のやり方に迷ったら、話を聞いてくれますか？　相談に乗ってくれますか？　上司と部下じゃなくなっても、これからも」

「気軽に訊いて。お互い守秘義務に反しない程度なら、なんでも答える」

「メールしてもいいですか」

「もちろん」

「プライベートの電話にかけても出てくれます？」

「出られるタイミングなら出るし、そうじゃなかったら折り返す」

と北脇は笑った。

「じゃあ――」

亜季は息を吸いこんだ。胸の底から言葉が衝《つ》きあがってくる。バットを握る手が震える。

――じゃあ。

わたしと一緒に、観覧車に乗ってくれますか？

今なら言える。上司だ部下だ、出向だなどという障壁は全部なくなった。

だから言うのだ。

言え。

バットを振れ。

「……じゃあ、よかった。安心しました」

結局笑ってごまかした。

一緒に観覧車に乗ってほしい。誰かじゃなくて、あなたがいい。そんなことは言えなかった。言えるわけもなかった。

「よし、帰りますか！　陣取行脚の念書、早く会社に持って帰らないとですもんね」

　元気よく立ちあがってみせると、北脇はほんの一瞬なにかを言おうとした。しかし結局は、苦く笑って腰をあげる。

「藤崎さんは元気だな。そういう調子なら、僕も安心していなくなれる」

「任せてください！」

　亜季は空元気を総動員して胸を叩く。それから夕空に影を落とす巨大な遊具に、心の中でひっそりと手を振った。

　さよなら、観覧車。

【0003】

あなたはわたしのヒーロー

「元気ないなあ、亜季《あき》」

社食でひとりぼんやりと空の食器を眺めていると、食事を終えたらしき、先輩の柚木《ゆずき》さやかが近づいてきて、向かいの席に座った。

「え、どこがですか！　もうめちゃくちゃ元気で、やる気に溢《あふ》れてますよ、ほら」

慌《あわ》てて亜季は両腕で力こぶをつくってみせる。

「そういうの、空元気っていうんじゃないの」

「溢れ出る正真正銘《しょうめい》の元気です！」

「無理しなくていいよ。ずっと萎《しお》れてるでしょ、北脇《きたわき》さんがいなくなってから」

言いながら、さやかは菓子の小袋をさしだした。ハラダのラスク。力こぶポーズの亜季の目が陰《かげ》る。おいしそうに食べていた元上司の姿が脳裏をよぎり、寒気みたいなさみしさが湧きあがる。

お見通しだと言われている気がして、亜季はゆっくりと両腕をおろした。

「……いただきます」

ラスクの小袋をひらいて、さくりと噛《か》みしめる。品のよい甘さが口に広がる。

「北脇さん、いなくなっちゃってさみしいね」

さやかのつぶやきに、そうですね、と小さな声で答えた。

そう、北脇は去ってしまった。模倣《もほう》品の調査から日を置かず、北脇は正式な辞令を受けとった。そしてあれよあれよという間に残務処理、引き継ぎをこなして、月夜野《つきよの》ドリンクを去っていった。

――そのうち新しい出向者が来るけど、まだ時間がかかるらしい。だからしばらくは、藤崎《ふじさき》さんが熊井《くまい》さんを支えてあげて。

綺麗《きれい》に片付いた机を前に、北脇はいつもどおりの調子でそう言った。そしてさみしさを隠しきれないまま北脇の活躍を祈った亜季に、「ありがとう」とだけ言い置いて、いつもと同じく定時に退社していった。

それきりだ。

「わたしだってさみしいんだから、亜季はもっとだよね」

「はい……」

深くうなずいてしまってから、亜季は急いで付け加えた。

「まあでも、さみしいというよりあれですね、不安なのかもしれません。ずっと仕事を見てもらってたのに、急に独り立ちしなくちゃならなくなったので」

さやかはちらと亜季の表情を窺《うかが》ってから、

「だよねえ」

と、さも言葉どおりに受けとったかのように相づちを打ってくれた。

「でも心配しなくても大丈夫だよ。北脇さん、うちの部署に離任の挨拶《あいさつ》に来たとき言ってた。『藤崎さんをどんどん頼ってください。もう、どんな仕事も安心して任せられるので』って」

「……北脇さんが」

「うん。堂々と言い切ってたよ。なんかわたしまで誇らしかったな。北脇さんって、ああ見えて根はまっすぐで嘘《うそ》つかない人でしょ。そういう人がここまで言い切るくらい、亜季は信頼されるようになったんだなって」

亜季は大きく息を吸った。唇を噛んで、ラスクの袋を握りしめた。それから食器をまとめて、にこやかに立ちあがった。

「わたし、仕事に戻りますね。商標の出願書類を用意しなきゃいけないですし、特許出願の打ち合わせのスケジュールも早く立てないと」

「無理しちゃだめだよ？」

「無理はしません。でも期待には応《こた》えたいので」

知財の仕事とは、仲間の汗と涙の結晶を守るもの。

守ってくれるだろうと信じている、同僚たちに応えたい。きちんとみなの努力を守りたい。そして、亜季がそういう働きをできると確信してくれている北脇の期待に応えて、ちゃんと熊井を支えられているんだと証明したい。

そうすれば、たとえ会わずとも、連絡ひとつ取らなくても、北脇は亜季の努力を絶対わかってくれる。全世界に公開された商標や、意匠や、特許の公開情報が、言葉より強く伝えてくれる。

それでいい。亜季みたいな意気地なしにはそれが精一杯の絆《きずな》で、精一杯の幸せなのだ。

「柚木さんも、特許になりそうなネタがあったらバンバン相談してくださいね。上手にまとめますから」

「心強いなあ。じゃあわたしも張り切って開発するか」

はい、と笑顔でうなずいたときだった。

「藤崎さん！」

総務の横井《よこい》が血相を変えて社食に入ってきて、青い顔でスマートフォンを突きだした。

「出て！　販売部の富田《とみた》君と繋《つな》がってるから！」

「富田君？」

どういうことだ。

眉を寄せてスマートフォンを受けとった亜季の耳に、焦ったような富田の声が響く。

『あ、藤崎さんすか！　大変です、俺、さっき取引先のスーパーに行ったら、とんでもないこと言われて』

「なにを言われたんです」

『それが――「おたくの会社、堂々と他社特許を侵害して技術をパクってるって話だけど、本当なのか。このままじゃ取引を続けられない、ちゃんと潔白だって情報をくれ」って』

「パクってる？」

思いもよらぬ話に、亜季は言葉を失った。

「どうして取引先がそんなことを――」

『俺もびっくりして詳しく訊《き》いてみたら、今宮《いまみや》食品がチラシみたいの配ってるらしくて。内容は、「月夜野ドリンク株式会社が、今宮食品の特許権を侵害する恐れがある旨《むね》をお知らせいたします」っていうもので』

「今宮食品の特許権を侵害する恐れ……」

『本当なんすか？　うち、本当にその会社の特許をパクってるんですか？　俺、取引先になんて答えればいいんですか』

　動転している富田の声を聞きながら、亜季は息を呑《の》みこんだ。

「富田君の他にも、取引先から同じようなことを言われた販売さん、たくさんいるみたいなんです」

　亜季は額《ひたい》の汗を拭《ぬぐ》いながら、画面の向こうの又坂《またさか》に話しかける。

　今宮食品は突如《とつじょ》、多数の取引先に対して月夜野ドリンクが自社の特許を侵害している可能性を通知した。

　それを受けて、熊井は急遽《きゅうきょ》本社で経営陣との協議に臨むべく上京していった。残された亜季は無理を言って、なんとか又坂に時間を作ってもらっている。又坂ほどの弁理士ならば、時間あたりの相談料はもともと高額で、こんな突然の相談では割増料金だってとりたいところだろう。だが又坂は普段どおりの値段で、できる限りすぐに時間を作ってくれた。又坂も、ふたりきりの知財部を又坂なりに案じている。

「実際に配られた文書はこれです」

と亜季はビデオ通話の画面に、富田からもらったA4用紙一枚の文書を映しだした。

「今宮食品、うちが特許権侵害している可能性があるっていう文書や内容証明郵便を、取引先の小売《こうり》や卸《おろし》にいっせいに送りつけたみたいで」

月夜野ドリンクが、今宮食品の特許を侵害する恐れがある。

そんな情報を送りつけられて、小売各社は動揺している。当然である。もし取り扱う商品が特許侵害品だとなれば、小売各社にもリスクがふりかかる。いつ『緑のお茶屋さん』が販売差止になるかわからないし、『緑のお茶屋さん』という看板商品が差止になどなった際には、月夜野ドリンク自体への大打撃も避けられない。巻きこまれるのなんてごめんなのだ。

それで今、各社から月夜野ドリンクに問い合わせが殺到している。『そのような事実は今のところない、調査中である』、そう富田たちは説明してしのいでいるが、相手も商売だ。グレーな商品と積極的に関わりたくはないわけで、早急になんとかしなければ、雪崩《なだれ》のように月夜野との取引回避の動きが広がる恐れすらある。そんなことになろうものなら、月夜野ドリンクの経営は立ち直れないほどの打撃を被《こうむ》るだろう。

『取引先に通告ねえ……。今宮食品、ずいぶん尖《とが》った方法をとったね。そんなの自分たちが捕まるかもしれないのに』

「それだけ今宮には侵害の確信があるんじゃないか、怒ってるんじゃないかって、みんな動揺しちゃってるんです」

『確信ね。その可能性もなくはないけど……』

「それに問題はそれだけじゃないんです。ＳＮＳなんかにも同じように、うちが侵害しているって情報が流れているみたいで」

富田の話に慌てて対応していると、今度は企画部の菊池《きくち》が血相を変えて飛びこんできた。

『藤崎さん、ネットがやばいよ！　うちが中小企業の特許を侵害したって炎上してる！』

炎上。顔色を変えてパソコン画面にかぶりついた亜季は息をとめた。ＳＮＳでは、目を疑うような語句がトレンドに躍《おど》りでている。

＃パクリ企業は今すぐ潰《つぶ》れろ

そのタグを使った主張はこうだ。月夜野ドリンクは、誠実にこつこつ頑張っている今宮食品なる小企業が一生懸命開発した発明を、勝手にパクって使っている。それどころかパクリの事実に気がついているにもかかわらずだんまりを決めこみ、今宮食品が特許を買い取ってほしいと泣きついても、知らんぷりして拒絶している。血も涙もない泥棒企業、そんな会社は潰れろ——。

『どうするの、ハナモのときの比じゃない大炎上だよ。これ嘘だよね藤崎さん、なんとかできるよね』

ほとんど泣きそうな菊池に、亜季は乾いた声で「すぐ対応します」と答えることしかできなかった。

どうすればいいのだ。炎上している文言《もんごん》は真実でもなんでもない。ビジネス上、月夜野に非はない。

ただそれを説明したとして、ＳＮＳで怒っている人々は納得してくれるのだろうか？

きっと納得しない。義憤に駆られた人々は、問題の本質をなにもわかっていなくとも黒か白かを決めつける。自分たちには叩いて糾弾《きゅうだん》する権利があるのだと勘違いして、安心して『悪』をこきおろし、快感を得ている。であればどれだけ丁寧に説明しようとも、言い逃れしようとしているとか、理屈をこねているとむしろ反発されるだろう。自分の正義を信じ、ひけらかし、振りまわすだろう。北脇に出会うまえの亜季がそうだったように。

もし亜季がすこしでもきっかけを逃していたら、専門家として冷静に物事を語る北脇を、冷酷で、嫌なやつだと誤解したように。

『落ち着いて藤崎ちゃん、ここで知財部が焦ったら向こうの思うつぼだから』

又坂の声に、亜季は我に返った。そうだ、北脇がいなくなった今、亜季が感情に押し流されてはいけない。

「すみません。とにかくこのSNS上の噂《うわさ》も、今宮食品の文書を見たどこかの取引先か、もしかしたら今宮食品自体から流されたものと考えていいですよね」

『タイミング的にそうだろうねえ』

「なぜこんなことになったんでしょう。今宮食品、うちが特許の買い取りを拒否したから、嫌がらせを始めたんですか？」

なぜ今宮食品が突如月夜野ドリンクを攻撃しはじめたのか、亜季には理解できなかった。もしこれで月夜野ドリンクが取引先や消費者の支持を失おうとも、すでに飲料を作っていない今宮食品は競合ではないのだから、利益は転がりこまない。つまりビジネス上はなんの意味もない。

まさか売買を蹴られた腹いせ、それだけのために月夜野の取引先を揺さぶりにかかったのだろうか。

『どうだろうね。ここまで大がかりだと、単なる嫌がらせじゃない気がするけど。北脇さんもよく言ってたでしょ。僕らがしてるのはあくまでビジネスって。当然向こうにも明確なビジネスとしての目的とゴールがあるはず』

「嫌がらせじゃない、別の目的があるってことですか?」

ビジネスというからには、今宮食品にとってもこの事態で得られる利益があるわけだ。

しかしそれはいったい、なんなのだ?

たぶん、と又坂はすこしだけ言葉を濁《にご》した。

『まあ言い方悪いけど、月夜野ドリンクは嵌《は》められたかもね』

「嵌められた……」

『高額でふっかけてきたときから、今宮食品はこうする気があったってこと。最初から、特許権を侵害されてるってある程度見当をつけていたんだろうね。だから、とても買い取れないような高額で取引を持ちかけた。もちろん断られるのを前提でね』

「なんでそんなことを……」

『そりゃ騒ぎを起こすためでしょ。これだけ大騒ぎになったら、月夜野はどうしたら事態を収拾できる?』

正攻法で『我が社に落ち度はない。これは一般的な特許戦略である』なんて説明しようと、絶対に世間は納得しない。ならば打てる手はひとつ。

「すみやかに今宮食品と和解する……」

つまり向こうの言い値で、向こうの要求をそのまま呑む。

「でもこの状況で和解交渉なんて始めたら、うちはめちゃくちゃ不利になりますよね」

『そうだねえ。前回の数倍ふっかけられる可能性もある。数千万とか、億とか』

「そんなのむちゃくちゃです！」

『でも払わないとどうにもできないのなら、増田《ますだ》社長はあっさり呑むよ。経営判断ってそういうものだからね』

亜季は言葉を失った。

増田は呑む。そうかもしれない。月夜野ドリンクを守るためなら、あまりにひどい要求でも受けいれるかもしれない。会社を傾けるわけにはいかないのだ。そうでもしないと、本気で潰れる可能性だってある。

潰れる。そう思ったとたん、喉《のど》に泥がつまったようになった。知財部が『買わない』と判断した、そのように増田に進言した、その結果がこの事態を招いた。もちろん買わなかったこと自体はなにも間違っていない、でも世間の人が月夜野を悪とみなすように、社内の人々は知財部を悪とみなすかもしれない。

悪者として、糾弾されるかもしれない。

『藤崎ちゃん、大丈夫？』

画面越しの亜季の顔色が悪いのに気がついた又坂がすかさず言った。『さすがに部長も不在で、ひとりで大変でしょ。わたしから北脇さんに連絡してみようか？　この件は彼もがっつり関わってるわけだし――』

「だめです！」

亜季は必死に叫んだ。

「北脇さんには言わないでください」

『どうして』

「巻きこみたくないんです」

北脇を巻きこんではならない。もしこの事態を知ったら、北脇は必ず言う。『わたしの責任です』と憎まれ役を引き受けてしまう。だからだめなのだ。亜季は、糾弾されている北脇をもう見たくない。頭をさげて必死に悔しさをこらえている姿を、ベンチでうなだれている背中を見たくはないのだ。亜季のエゴでもなんでも嫌なのだ。

『だけど……』と言いかけた又坂は、画面の外に顔を向けた。『あ、ちょっと待ってね、頼んでたメールが来たから』

ひらいて確認しているようで、眉間《みけん》に皺《しわ》が寄っていく。

『……なるほどねえ』

「どうしました？」

『藤崎さん、今回の件、今宮食品が単独で仕組んだんじゃないかも』

「え。どういうことです」

尋ねながらも、確かにこの状況には違和感があると亜季は気がついた。

だって変ではないか。今宮食品はごくまっとうな商売を細々と続けてきた会社で、特許の売買の経験もほとんどなかった。それが今回月夜野の不義理に気づき、怒って、その悪辣《あくらつ》さを世間に表明した。そういう建前と、実際の状況が食い違っている。今宮食品が、こんな大立ち回りを考えつくだろうか。特許をうまく転がして、月夜野を手玉にとって、大金をせしめるような——

ひとつの仮定に辿《たど》りついて、亜季ははっとして尋ねた。

「まさか、パテント・トロールが関係しているんですか？」

自分たちで開発すらしない、ただ大企業を脅《おど》して大金を巻きあげる、それだけのために特許を使う企業。

パテント・トロール——特許の怪物。

それが今宮食品の裏で糸を引き、月夜野ドリンクをターゲットに定めたとでもいうのだろうか？

『確証はないけど、可能性はあるみたい』と又坂は息を吐いた。『うちの所員に、こういうやり口に詳しいのがいてね。そいつによると今宮食品の今回のやり口、とある会社の手法にそっくりだって』

「とある会社……」

『そう。表向きは知財のコンサルタント業を名乗ってるけど、やってることはまさにパテント・トロール』

その名も、と又坂はその企業のWeb《ウェブ》サイトを画面に表示させた。

中小企業の味方です！　というキャッチコピーとともに、青空の下でさわやかな印象の社員が肩を組んで笑っている写真。横には会社名がこれまたさわやかなフォントで記されている。

『総合発明企画』

どこかで見たような……と考えたのも一瞬で、亜季はすぐに顔色を失った。

これは。この会社は。

写真のなかで、まぶしい笑顔を見せるこの男は。

『中小企業の味方だーって言って、中小を焚《た》きつけて莫大な金を大企業から巻きあげるのがこの会社のやり口なんだよねえ。まあ見方によれば、確かに中小の知財を守って大企業と対峙《たいじ》しているとも言えるから、完全悪ってわけじゃないところもあるけど、でもそうやって巻きあげた金のうち、どれだけがちゃんと中小に渡ってるかはかなり疑問』

だからパテント・トロールなんて呼ばれるんだろうね、と又坂は嘆息する。

『しっかし総合発明企画か。まさか食品飲料業界にも手を伸ばしてきたの？　もしそうだとしても、なんでまたいきなり月夜野に狙いを定めたんだろうね？　普通はさ、知財の管理に手が回ってなくて、いかにも知財部が頼りなさそうな会社をターゲットにするんだよ。今の月夜野は、わりと業界のなかではまっとうなはずなんだけど……』

亜季はなにも答えられなかった。

まだ、本当にこの件に総合発明企画が関わっている確証はない。

しかしもし件《くだん》の会社が、月夜野ドリンクに狙いを定めたとしたら。

きっと、わたしのせいだ。

亜季を大学時代にこっぴどく振った男、瀬名良平《せなりようへい》。

このあいだ偶然に再会した彼に押しつけられた名刺には、間違いなく、総合発明企画と記されていた。つまり瀬名は、この表向きコンサルタント、実のところパテント・トロールである企業で働いている。

そして瀬名は、亜季が月夜野ドリンクの知財部で働いているとも察しがついているはずだ。技術者時代の亜季が発明者として記載された特許公報を検索すれば、亜季が月夜野ドリンクで働いているなんてすぐにわかってしまう。そして特許庁の近くで偶然に再会した瞬間に、今は知財部員であると悟っただろう。

そして瀬名は思ったのだ。亜季のようなぼんくらが知財部員である企業など、知財の管理は適当で、知財部も腰抜け揃《ぞろ》い。

そうしてこの会社をターゲットに定めた。そうだ、わたしのせいだ。わたしがいたから、月夜野ドリンクはピンチに陥《おちい》った。みんなを窮地《きゅうち》に追いこんだ。

そういうことなのだ。

*

その一報を聞く直前、北脇は寝間着代わりの白いTシャツのままベッドの端に腰掛けて、本棚に置いたお仕事ハリネズミのイラスト額をぼうっと眺めていた。

何度考えをめぐらせようと、自《みずか》らの構築した理屈は覆《くつがえ》らない。藤崎亜季は前途洋々である。友人である根岸《ねぎし》ゆみや柚木さやかと同じように明るく前向きな、互いに高め合ってゆけるパートナーを遠からず見いだすだろう。観覧車に乗って、同じようにはしゃいで、楽しんでくれる誰かを。

それは北脇雅美《まさよし》ではない。北脇の出る幕はない。

そう結論は出ているのに、揺らぐこともないのに、なぜだか堂々巡りを続けている。

北脇はそういう、行動もしないのにくよくよと思い悩む人間が嫌いである。なるべくそのような面倒くさい人間にならないよう日々努力してきたし、三十にもなれば、ほとんどの場合でその試みは成功する。

だが今回はうまくいかない。うまくできない自分に反吐《へど》が出る。

あのハリネズミの絵のせいかもしれない。

帰任を機に東京に越した際、荷物はだいぶ処分したし、大事に飼っていたメダカでさえ群馬に住んでいる南《みなみ》に引き継いでもらったものの、このイラストだけはしまいこめず、もちろん捨てられず、本棚を再び飾っていた。だがやはり、ほとぼりが冷めるまではどこかにしまいこんでおくべきなのだ。懸命に描いた作者には申し訳ないが。

そう決意して立ちあがったときだった。

電話が鳴った。

相手は元上司である月夜野ドリンクの熊井知財部長で、この電話をもって北脇は、月夜野ドリンクが厄介《やっかい》な騒ぎに引きずりこまれた事実を知った。

すぐにスーツとネクタイを身につけて外出する。熊井は現在又坂の事務所にいるというから、合流するのだ。

「ああ北脇君、来てくれてありがとう。ごめんね土曜日に呼びだして」

所長室に入るや、熊井が申し訳なさそうに首を傾ける。

「いえ、むしろ連絡いただけてよかったです。それに……ありがとうございます」

北脇は心の底から感謝した。

月夜野の上層部は、次の会議で北脇の意見も聞きたいのだという。それでまず熊井と会って、情報を整理することになった。そういうふうに段階を踏んで呼んでくれるのは、上層部が現状、この事態を招いたのが北脇のミスだとは考えてはいないからだ。もし北脇の戦略の失敗だと信じているようなら、まずいきなり経営陣の面前に呼びつけられただろう。

そうではなく本当に意見を聞こうとしてくれているのはつまり、現在の状況を熊井や又坂が丁寧に社長らに説明したからであり、増田をはじめとした上層部が、その意見を聞き入れるリテラシと冷静さを保っているからである。月夜野ドリンクは変わったのだ。

ならば北脇も応えねばならない。

「状況はおおむね把握《はあく》しました。やはり今宮食品は、『緑のお茶屋さん』が特許権を侵害している可能性が高いとみなしたからこそ、高額の売買を持ちかけていたようですね」

「そうだね」

「侵害していると判断した根拠は、今宮食品内の技術者による研究、加えて例の情報でしょうか。『緑のお茶屋さん』リニューアル時に、一瞬だけ出ていたＷｅｂ上のプレスリリースがあると猪頭《いのがしら》常務が調べてくださった」

今宮食品が、なぜ月夜野ドリンクが自社の特許技術を侵害していると推測できたのか。その理由を北脇はあらかじめ調査していた。

まずひとつは、同じような技術を開発していた今宮食品の技術者の、いわば勘である。勘とはいっても似た開発をしていたのだから、競合他社がどんな技術を使って製造しているかはそれなりの確度《かくど》で推測できただろう。それはかつて技術者だった北脇にとっても自然に理解できることだった。

そしてもうひとつは、常務の猪頭が調べてくれた情報のなかにあった。

月夜野ドリンクは『緑のお茶屋さん』リニューアルの際、Ｗｅｂ上にその旨を記載していたのである。もちろん新製法に使用している技術を詳《つまび》らかにしていたわけではない。にしてもどういう製法なのか、同業者なら充分に推測可能な文言がいくつか含まれていた。

今は消去され、Ｗｅｂ上にも情報は残っていないものの、当時その情報を目撃しているのであれば、月夜野がどのような製法をとったのかはある程度推測できただろう。

もちろんこれはどちらも、『絶対に月夜野ドリンクが特許を侵害している』という証拠ではない。あくまで侵害している可能性が高いと示す程度のものである。普通であれば、今回の今宮食品のふるまいに至るほどのものではない。

「まあ今宮食品は、そういう弱い証拠を『間違いなく侵害している』と示す強い証拠と誤解して、暴走しちゃってるのかもしれないね。これだけの騒ぎにしちゃったんだから」

「ありえますね。今までの出願記録をさらってみても、今宮食品が知財の管理に手をかけてきた形跡はありません。であれば経営陣の認識も、我々の常識とはかけ離れている恐れがあります」

「あるいは」と又坂が付け加える。「パテント・トロールが耳に心地よい言葉を並べて、確実に勝てる勝負だと今宮食品を焚きつけている可能性もありますね。プロの知財コンサルタントがこうであると言ったのを疑うわけもないですから」

熊井は眉根を寄せた。

「パテント・トロールがそそのかしたのかもしれないと」

「ええ、おおいにありえますよ。ちなみに中小に取り入って有名企業への怒りを必要以上に焚きつけ、世間の注目を集める派手なふるまいに導いてことを大きくするのは、総合発明企画のいつものやり口そのものです」

　あくどいよねえ、と嘆息する又坂に、北脇は口を引き結んでうなずいた。

「どちらにしても、今宮食品が本気で怒っているのが事態を難しくしてしまっていますね。対応を間違えると、我々が真に悪のように世間に認識されてしまう」

「ほんとだよね……」

　すくなくとも今宮食品側は、この状況に心からショックを受けて、怒っているのだろう。そして月夜野ドリンクが自社の技術を侵害しているのは間違いのない事実であり、しかも知っていたうえで不誠実な態度をとったと信じている。まさか自分たちの保持する特許が無効となる可能性があり、裁判になったらどちらが勝つかすらわからないとは考えてもいないはずだ。

　そういう今宮食品の純粋で浅はかな怒りをうまく利用して、総合発明企画なるパテント・トロールは立ち回っているのかもしれない。

　しかし、と考えこんでいた熊井は首を傾《かし》げる。

「その総合発明企画というパテント・トロール、実際どのような企業なのでしょうか。今まで飲料分野では噂も聞いたことがなかったのですが」

「当然かと。これまでの総合発明企画の主戦場は家電や重電、半導体でしたから」

「電機業界ですか」

「ええ。あの業界は、失礼ながら御社の業界よりも苛烈《かれつ》に特許戦争を行っているので、自然知財リテラシも高いです。その反面、特許が膨大に出願されるためつけいる隙《すき》もある。そして御社と同じく評判が重要な企業も多く、おおごとになるまえに金銭を払う傾向があり、高額の賠償《ばいしょう》金が狙える」

それで総合発明企画は長くそのような業界を相手に『戦って』きたのだという。

「それが今回たまたま今宮食品に声をかけられ、コンサルタントを引き受けたことを契機に我々の業界に進出した可能性があると」

「逆でしょうね。莫大なコンサルタント料が必要で、しかも分野としては少々お門違いの総合発明企画を、今宮食品が自ら頼ったとは思えません」

「総合発明企画から声をかけた可能性が高いということですね」

「新たな市場を開拓したかったのでしょう。中小の死蔵特許の整理という『コンサルタント』は、総合発明企画がネタを探す常套《じょうとう》手段ですし」

パテント・トロールは一般的に、なんの製品も作っていないのにもかかわらず特許を集める、特許転がしの企業だ。製品を作るためではなく、大企業との交渉に利用できそうな特許を得られないか、常日頃目を光らせている。そういう探索の一環として、総合発明企画は今宮食品に目をつけたのではないかと又坂は睨《にら》んでいる。

「そうして件の特許を見つけて、我が社に攻勢をかけてきたわけですか、我々につけいる隙があると考えて……」

額を拭う熊井を横目に、北脇は奥歯を噛みしめる。

「それで、月夜野さんはどうしますか。この状況をどう収めます。もし今宮食品側と早急に協議して和解金を払い、円満解決を世間に印象づける方向なら、御社は非常に不利な条件を呑むことになる可能性が高いですが――」

「協議になど応じる必要はないでしょう」

熊井がなにかを言うまえに、北脇は怒りの口調で口を挟んだ。「パテント・トロールが関与している可能性があるならなおさらです。パテント・トロールは、こちらが譲歩を見せればすぐにつけこんできます。一度大金をあっさり払ったが最後、脅しに屈する企業だと思われカモにされるのがオチです。悪評をたてられようと、現時点で我々に戦略上の非はありません。むしろ堂々と訴訟にもちこんで、我々は悪くないのだと示すほうが、長期的には得策かと」

「だけど北脇君」

「そもそも我々は、この業界で突出して実力が足らず、つけいる隙を与えてしまった企業などではないはずですよ。おそらく総合発明企画は、この業界のさまざまな会社をゆすれるネタを握っています。月夜野にだけ隙があったとは思えません」

「じゃあ総合発明企画は、なぜうちを最初のターゲットにしたんだろう」

「それは」

北脇は一瞬口をつぐんだ。

なぜ月夜野ドリンクが狙われたのか。正直に言えば、確かな理由はわからない。月夜野ドリンク知財部のマンパワーが現状不足していると調査したのかもしれないし、今宮食品をうまい具合に焚きつけられそうだったからなどという、向こうの事情もあるだろう。

だが北脇はあえてそういう頭で考えた理屈ではなく、腹の底に燻《くすぶ》っている感情を表に出した。

「舐《な》めているからですよ。月夜野ドリンクを、月夜野ドリンク株式会社知財部を舐めている。我々には到底この状況に太刀《たち》打ちできない、抵抗できないと甘く見ている」

熊井の表情が変わった。その表情を見て北脇は、この心の広い、穏やかな元上司も内心憤《いきどお》っているのだと理解した。そうだ、こんな扱いは許せない。舐められるような仕事はひとつもしてこなかった。北脇も、この元上司も、そしてこの場にいない元部下も、懸命に知的財産を守ってきた。

仲間の汗と涙の結晶を守るために、必死に仕事をしてきたのだ。

「だからこそ徹底抗戦すべきです。ここで簡単に折れるようなら、もう月夜野に上がり目はありません。そう覚悟して背水《はいすい》の陣を敷くんです。取引先各社には、訴訟の用意があると知らせましょう。堂々と受けて立つ用意があると知れば、すくなくとも取引先は静観するはずです」

「徹底抗戦か」熊井は手を組み、ゆっくりと息を吐いた。「そうだね。僕も個人的にはそうするべきだと思っている。もしパテント・トロールが絡んでいるのならなおさらだ。知財部の立場としては、北脇君の言葉に一字一句同意する。僕もこう見えてけっこう負けず嫌いだから、舐められているのはものすごく嫌なんだ」

「では――」

「だけど経営陣を納得させるのは大変かもしれない。今宮の言い値を払って事態をすみやかに収束すべきという意見が大勢を占めているから」

「パテント・トロールが裏で糸を引いていたとしてもですか」

「その可能性があったとしてもだよ」

「……日和《ひよ》るんですか」

つい強い言葉で非難した北脇を、こら、と又坂がたしなめる。熊井も「北脇君らしくないなあ」と苦笑した。

「まあでも、日和るのかと言われれば否定はできないね。ただ北脇君も、経営陣が和解を望んでる理由はわかるでしょ。君がいつも言ってることだもんね。確かに訴訟にもちこめば勝てるかもしれない。だけど世間の悪評は、時が経《た》てば経つほど広がって強固になっていく。もし訴訟に勝ったところで評判を持ちなおせないかもしれないし、負けた場合は挽《ばん》回《かい》もできなくなる」

「ならばここで早急に和解を演出して、うやむやにすればよいのですか。それで世間が納得するかはわかりません。『一生懸命で誠実な今宮食品』を金で黙らせたと、新たな悪評を立てられる恐れさえあります」

「そうだね。だからこうなったらもう正解はわからない。経営判断ってことになるね。もちろんさっきも言ったとおり、僕個人の意思は君の意見に近いんだ。だから会議でもそう主張してみる。パテント・トロールの関与を証明できない現状、その方向で論を張るのは難しいけれど、やってみる。もちろんどちらの道を選んだとしても、メリットもデメリットもリスクもあるだろうから、客観的な意見を又坂先生にお尋ねしておくよ」

「冷静に判断しますのでご安心を」と言ってから、又坂は小さく付け加えた。「だけどわたしも、心情的に肩入れするのは徹底抗戦案のほうだけどね」

熊井はにこりと又坂に会釈《えしゃく》してから、北脇を穏やかに見あげる。

「会議、もし都合がつけば北脇君も来てくれると嬉《うれ》しい。社長はね、君がけっこう好きなんだよ。君の会社には僕から頼んでおくから」

「もちろん伺います」

北脇は被せるように即答した。会社がなんと言おうと行くつもりだった。増田社長に個人的な好悪の感情はないが、すくなくとも彼の、自身のためではなく自社と社員の利益のためにこそ権力を用いる姿勢は得難いと思っていたし、なにより彼が率いる月夜野ドリンクが好きだった。ベストを尽くしたかった。

「よし、じゃあそういうことで」と又坂が手を叩く。「わたし、ちゃきちゃき資料用意しますね」

「急なお願いで申し訳ありません。よろしくお願いします、又坂先生」

「いいんですよ、お得意様ですから。あ、お帰りのまえに、熊井部長もラーメン食べていきます？　腹が減っては戦《いくさ》はできぬ、でしょ」

「……それではご厚意にあずかりまして」

「北脇さんも」

うなずきながら、北脇は頭の隅《すみ》にずっとあった疑問を熊井に問いかけた。

「にしても熊井さん、藤崎さんはどうしました」

北脇が去り、ふたりきりになってしまった知財部だ。藤崎亜季本人が思う以上に、熊井は彼女を頼っているだろうし、今日も当然連れてきているものだと思ったが。

「今日は群馬に残って、販売部からの報告を受けたり、Ｗｅｂ上での噂の出どころを調べてまとめたりしてくれてるよ。そちらの仕事を進める人員も必要だから。もちろん連れてきてもよかったんだけど、朝電話したらあんまり調子がよくなさそうだったし……いや本人は、いたって元気だって言うんだけどね」

それは虚勢だな、と北脇は思った。藤崎亜季は意外と無理をする。自分の中に溜めこむところもある。今回も、あまりの状況に気疲れしているのだろうか。

そんなに気に病まなくてもいいと言ってやりたかった。今回知財部は北脇含め、ごくまっとうな立ち居振る舞いをしているだけなのだ。

「それに……」

と熊井は言いにくそうに続ける。「今日は北脇君が来てくれることになったから、とりあえず藤崎君は留守番がベターと思ったんだよね」

「ベター？」北脇は怪訝《けげん》に訊き返した。「どういう意味です。僕と顔を合わせないほうがよいということですか」

「そう」

「つまり……なぜですか」

ひそかに息をつめて尋ねた北脇に、又坂が所長席から立ちあがりながら明かした。

「藤崎ちゃんねえ、北脇さんを巻きこむの、ものすごく嫌がってたよ。絶対に北脇さんは今回の件に関わらせないでほしいって必死に頼まれちゃった。でも増田社長はあなたにがっつり関わってほしいわけでしょ。だから熊井部長、北脇さんが関わることは藤崎さんに言ってないんですよね」

ええ、と熊井は眉を寄せる。

「藤崎君、今回の件にけっこうショックを受けてるみたいだから、とりあえずは業務に集中してもらうためにも、君の話はしていないんだよ」

北脇は戸惑った。なぜそれほどまでに、北脇に関わらずにいてほしいのかがわからない。

「彼女はなぜ僕が首を突っこむのを嫌がっているんです。もはや部外者だからですか」

「それは違うよ」

熊井に即刻否定されて、「では」と北脇はしばしためらい、口にした。

「では僕が……その、僕らが最後に行った、模倣品の警告業務を僕がうまく取り回せなかったから、不安になっているのでしょうか。僕の主導する戦略を取った場合、月夜野ドリンクに不利益がもたらされる可能性が高いと危惧《きぐ》して――」

「あのさあ」

と又坂に強く肩を叩かれて、北脇は口をつぐんだ。

「わかんない？　藤崎ちゃん、もしいろんなことがうまくいかなかったら、北脇さんが全責任を被る羽目になるかもしれないって心配してるんでしょ」

北脇は数度瞬《またた》いて、視線を逸《そ》らした。

「別に僕が全責任を被れば丸く収まるのならそれでもよいですよ」

「そうじゃなくてさあ」

又坂は呆《あき》れ顔で北脇を見つめていたが、「まあいいや」と歩きだす。

「とにかく会議で方針がある程度決まったら、ちゃんと藤崎ちゃんを安心させてあげてね。自分でね。電話番号知ってる？　もし知らないならわたしが――」

「ご心配なく」と言うや北脇はこの話を切りあげた。連絡先を知っていることを深掘りされたくなかったし、なにより気がかりだった。

藤崎亜季はやさしいから、北脇が責任を被るのがつらいのだろう。だがもし月夜野ドリンクが対外的に北脇に全責任をなすりつけられるのなら、それはむしろ好都合なのだ。元出向社員、今は月夜野に所属すらしていない人間に責任をとらせれば、誰のメンツも潰れない。親会社と月夜野が揉《も》めて、結果的に北脇の居場所はどこにもなくなるかもしれないが、それで月夜野内部の人間が助かるのなら、北脇としては別によかった。

せっかく弁理士という国家資格を持っているのだ。会社を放逐《ほうちく》されようとやっていきようはある。そうではない熊井や藤崎亜季の立場を守れるのなら構わない。

それより北脇は、ひどく動揺しているという藤崎亜季がどうしても気になった。うぬぼれではないと思うのだが、北脇は藤崎亜季がどのような人間かそれなりに把握している。そのうえで違和感が拭えない。

ラーメンの出前を待つ間、北脇は断って席を外し、私用のスマートフォンから藤崎亜季に電話をかけてみた。だが幾度かけても話し中だ。

本当に話し中なのか、それとも着信を拒否されているのか。

北脇にはわからなかった。

＊

どうしたらいいんだろう。

ひっきりなしにかかってくる全国の販売部員からの電話に応対しながら、亜季は唇を嚙みしめていた。土曜だが、ことがことである。群馬の研究所の事務フロアでは多くの社員が忙しく動き回り、どうにか事態を沈静化させようと努力していた。総務の横井は、急遽経営陣が作成した『事実を確認中である』というプレスリリースを、各事業所へ行き渡らせようと奔走《ほんそう》している。隅のパソコンの前では、普段めったに人前に出てこないシステム管理部の宿利《しゅくり》が、若い社員たちとWeb上の噂の分析をしていた。

そんなみなから逃げるように喫茶コーナーに座りこみ、亜季は私用のスマートフォンを握りしめていた。

画面に表示されているのは、瀬名良平の連絡先だ。

総合発明企画が絡んでいるかもしれないとわかってから、亜季は人目を盗んで懸命に情報を収集した。やはり瀬名が総合発明企画に所属しているのは揺るぎない事実だ。そのさわやかなマスクも相まって、新進気鋭の若手コンサルタントとして鳴らしているらしい。もっとも本来は食品飲料分野が専門だから、今までは補助的な役割を担《にな》うにすぎなかったようだ。

であれば今回の一件は、瀬名がはじめて自分で『カモ』を選んだ、いわば初陣《ういじん》なのか。瀬名は亜季という人間を舐めているからこそ、この会社を最初の標的に選んだのか。

直接問いただしたかった。このボタンを押しさえすれば電話がかかる。はっきりさせられる。瀬名君は今回の件に関わっているんですか。月夜野ドリンクから莫大な和解金をせしめようとしているんですか。わたしが月夜野ドリンクにいたから、わたしみたいなぼんくらが働ける、その程度の知財部だと考えたから、あなたはこの会社に狙いを定めたんですか——。

しかし亜季は大きく息を吸って、押しかけていた通話ボタンから指を離した。問いただしたところで意味なんてない。瀬名が真実を言うとも思えないし、むしろ亜季が、パテント・トロールとの繋がりを疑われるだけだ。余計な疑念を作りだして、熊井を困らせるような本末転倒ではないか。

北脇のいない今、亜季が踏んばらずに誰が踏んばる。ホームランを打てなくとも出塁《しゅつるい》しなければ。エラーで足を引っ張ることは許されない。

よし、自分のできる仕事に戻ろう。とりあえず大学時代の知り合いが総合発明企画にいるって熊井さんに報告して——と立ちあがろうとしたとき、手にしたスマートフォンに着信があった。

誰だ。熊井か又坂か、それとも。急いで耳に当てる。そうして言葉を失った。

『あ、藤崎さん？　久しぶり。よかった、電話番号変わってなかった』

聞こえてきた明るい声は間違いない、まさに瀬名良平のものだった。

なぜだ。なぜよりによって瀬名から電話がかかってくる。どうして。

しかしぐっと唇を噛みしめた。ここで軟弱な態度を見せればつけこまれるだけだ。

「瀬名君……」

「なんの用ですか？　申し訳ないけど今は——」

『ちょっと待ってって。俺、ボールペンを返したくて連絡したんだよ。ほら藤崎さん、このまえうちに忘れていったでしょ』

本気でなにを言われたのかわからなかった。

「このまえ？　……なんの話」

『なんの話ってほら、俺んちに来てくれたでしょ？　それで一緒にひとつの机で書き物したじゃない』

この男はなにを言っているのだ。この男の家に行ったことなど一度も……いや一度だけある。

「もしかして大学一年生のとき、みんなで瀬名君の家に集まって実験レポート書いたときの話？　ボールペン忘れたなんて知らないし、だいたいこのあいだでもなんでもない」

『俺にとっては、ついこのあいだなんだけどな』

「そんなわけ——」

『とにかく忘れ物、見つけたからさ。俺、今日藤崎さんの勤めてる会社……月夜野ドリンクだっけ？　の本社に行ったんだよね。「知財部の藤崎さんが、このあいだ俺の家に忘れていったペンを返しに来ました」って。でも受付に変な顔されて、ここには藤崎さんはいないって言われて。仕方ないから名刺を置いて帰ってきた。弊社《へいしゃ》、総合発明企画の』

「なにを……」

亜季は、瞬く間に自分が青ざめていくのがわかった。

それではまるで亜季が、月夜野ドリンクを陥れているかもしれない企業に勤める男と特別に親密な関係であるかのようではないか。まず間違いなく東京本社の人々は、亜季と瀬名の関係を誤解したのではないか。

「なんでそんなことするの！　いったいなにが目的で――」

「藤崎さん、ちょっといい？」

はっと顔をあげると、観葉植物の陰から、横井が戸惑いの表情でこちらを覗《のぞ》いている。

「……どうしました」

「下にお客様が来てるよ。総合発明企画の、瀬名さんっていう……」

亜季は息を呑んだ。次の瞬間にはスマートフォンを放りだし、喫茶コーナーを飛びだしていた。階段を駆けおりてロビーに出ると、果たしてそこには今の今まで電話していた瀬名その人が立っている。

「よ、藤崎さん。驚いた？」

「なにしに来たんです！」

軽く手をあげて微笑《ほほえ》むスーツの瀬名に、亜季は大股《また》で詰め寄った。「なんの用？　わたしは話すことなんてなにも――」

「このあいだの忘れ物、届けに来たって言ったでしょ？」

にこりと笑って、瀬名は亜季のジャケットのポケットにボールペンを差しいれた。

「あとさ、まだ今の仕事とか、上司の仕打ちをつらく思ってるのなら、俺の会社はいつでも歓迎だから気軽に連絡して。そう伝えたかった」

「なんの話。そんな話した覚えはない」

「やだな、このあいだ、特許庁で会ったとき言ってたでしょ？」

「言ってない！」

「あ、ごめん、ここ会社だもんね。秘密だよな」と瀬名は口元に指を当てた。「でもほら、ちょうど今って辞めどきなんじゃない？　さっきニュースで見たよ。月夜野ドリンク、今宮食品っていう会社の特許を侵害してるのばれちゃって、大変なことになってるって」

亜季はもう我慢ならなくなった。

「……なんで他人事《ひとごと》なの。全部瀬名君の仕業《しわざ》でしょ。瀬名君の会社が嚙んでるんでしょ」

「どうしたの、なんのこと」

「ごまかさないで」

目を逸らさずに言い放つ。いけしゃあしゃあと口からでまかせばかり。なぜこんな男と気が合うだなんて大学時代の自分は信じていたのだろう。わたしの目は節穴だ。感情ばかりでなんにも見えていない、大馬鹿《おおばか》者だ。

しかし瀬名は、困惑したように笑うばかりだった。

「いや藤崎さん、本当にどうしたの？　なにを誤解してるの」

あくまで関係なしと言い張るらしい。

「じゃあ訊くけど、なんで今日急にわたしのところに来たの」

「そりゃニュースを見て、藤崎さんが心配でたまらなくなったからに決まってるでしょ」

「……心配？」

「そう。ボールペンを返すっていうのはただの建前。本当は藤崎さんを助けたくてどうしようもなくて、直接会って伝えたくて、それでここまで来ちゃったわけです、はい」

照れたように言う瀬名は、どこからどう見ても嘘吐きには見えない。

だが亜季はもう知っている。こういうときの瀬名なんて、嘘しか語っていない。

「だけどさ、ショックだったな。月夜野ドリンクの商品好きだったのに、まさか本当に他社の特許を侵害してたなんて」

「侵害してない」

「え？　でもこのあいだ藤崎さん、それとなく教えてくれたよね。看板商品の『緑のお茶屋さん』が他社の権利を侵害してる、どうしよう、って不安がってたじゃない。侵害を放置するって決めた上司にもついていけない、こんな不義理な会社辞めたいって」

「言ってない。だいたいあの特許は――」

さも事実かのように喋《しゃべ》られて、亜季は怒りまかせに反論しようとした。そんな機密情報喋ってないし、そもそも対策はとってある。そりゃ侵害の可能性はあるけれど、あの特許は無効になる公算が高くて――

だがはっとして、出かかっていた言葉を呑みこんだ。言っちゃだめだ。実際侵害しているか否《いな》かは、それ自体が機密中の機密事項。これからの協議を大きく左右する。

おくびにも出してはならない。

「……わたしはなにも喋らないから」

「どうしたの。もしかして口止めされてる？　それとも状況が変わった？　調べなおしたら侵害回避できてたとか。それとも特許を無効にできる証拠でも見つかったの？」

「わたしはなにも喋らない」

固く繰りかえすと、瀬名は一瞬無表情になった。と思えば大げさに手を合わせる。

「あ、そうか、ごめん！　こんなところでは言えないよな。今度また相談してよ」

「だから――」

「とにかく伝えたかったのはさ、もし藤崎さんが会社や上司や、友だちなんかに捨てられたとしても、俺は絶対見捨てないから」

言いかえそうとした亜季を制して、瀬名はやわらかな笑みを浮かべる。

「俺、ずっと後悔してたんだよ。藤崎さんの見た目が好みじゃないなんて失礼なこと言って、大事な友情まで壊しちゃったのを悔やんでた。このあいだ再会して気がついたんだ。藤崎さんほど気が合う人はいない。お互い人生で唯一の、最高の親友になれる人だったんだって。だから、次は絶対一緒にいるから。約束するから」

だから、俺を頼って。

そう言い残すと、瀬名は去っていった。

亜季はただ立ちすくんでいた。遠巻きに眺めるみなの視線を感じながら、動くことができない。

やられた。嵌められた。

もう終わりだ。

*

北脇の所属元である上毛《じょうもう》高分子化学工業も今回の件を憂慮しているようで、経営陣のほうからも力を貸すようにとの指示があった。このような紛争のノウハウは、常に厳しい知財戦争にさらされている化学企業である上化のほうにより蓄積がある。おおいに助けになれるはずだ、と。

望むところと引き受けて、上化の知財系の職種に関わる面々とも協議を重ね、知識を蓄《たくわ》え、北脇は満を持して新宿《しんじゅく》の月夜野ドリンク東京本社へ乗りこんだのだが。

本社ビルに入るなり違和感を覚えた。受付で入館証を発行してもらうあいだ、受付の人間がどこか歯にものが挟まったような、言いたいけれど言えないような顔をしてこちらを見ている。

「なにか？」

尋ねても、いえ、とうつむかれる。再三尋ねてようやく、「のちほど上の者からお話があるかと」と言われた。なんの話だ。受付が気にする、かつ自分に関係がある話題が思い浮かばない。

考えこみながら歩いていくと、「よく来たね」と熊井がいつもの笑みで迎えてくれた。

だがやはり、北脇の元部下である利発な女性の姿はない。

「藤崎さんは今日も留守番ですか」

今日、藤崎亜季と直接話をするつもりだった。冒認出願事件の際、北脇の大失敗を目撃している彼女が不安になるのは道理だ。だがそんなに不安がらなくてもいい、ビジネスとして粛々《しゆくしゆく》と処理していこう、そう諭《さと》そうと思っていた。心やさしい元部下のために、勇気を奮い起こして菓子まで用意してきたのだ。

しかし、肝心の元部下の姿はない。

「本当は一緒に来てもらうはずだったんだけどね」

熊井はどこか、受付の人々を思わせる歯切れの悪さで言った。「でもいろいろ鑑《かんが》みて、今回は藤崎さんは出ないほうがいいんじゃないかということになって」

「いろいろ鑑みて？」

「実は、北脇君が来るともまだ伝えていないんだよね。その、いろいろ鑑みて」

「いろいろとはなんですか」

「それは……僕の口からはあまり言いたくないことなんだ。僕は信じてないから。まあ、この会議のなかで誰かが言うとは思うけど」

言葉を濁す。なんだ、と北脇は眉を寄せた。なにかややこしい理由でもあるのか。こんなことなら、もっとしつこく電話をかけてみればよかった。

考えているうちにお呼びがかかる。北脇は手にしかけた私用のスマートフォンをしまい、姿勢を正して歩きだした。

「――なるほど、知財部の意見はわかった。ここで退《ひ》いてはむしろつけこまれる。堂々としているべき、訴訟も辞さない、と」

ずらりと並んだ経営陣の中央で、熊井の報告を聞いた増田は腕を組んだ。

「だけどその判断は、経営にはリスクが大きいものだよ。今宮食品は最初から、『緑のお茶屋さん』が自社の特許を侵害していると認識していたからこそ、足元を見た金額をちらつかせてきたんでしょ。そしてうちが断るのも見越して、今回みたいな世論に訴える手に出たわけだ」

「おそらくは」

「だったら、もしうちがここで『こちらに非はない、司法の場ではっきりさせる用意がある』と開き直ったらどうなる。待ってましたとばかりに侵害訴訟をふっかけてくる。そうなったらうちの世間での評判は、取り返しのつかないところまで落ちる」

そうだそうだ、と経営陣から声が飛んだ。

「今は堂々とした態度をとってさえいれば、なんとか世論をごまかせるかもしれない。だが『裁判』という言葉の響きは重いよ。訴訟を起こされたら、世間は訴えられた我々を有罪だと思いこむ。悪いことをしているから訴えられたんだって」

「知財訴訟とは、そのような悪と正義がきっちりと定まっているものではなく――」

「それをちゃんとわかってるのは、知財部さんと企業の一部の人間だけでしょうが。月夜野の飲料を買うのは、なにも知らない一般人なんですよ。いや、なにも知らないならまだましだ、自分がものを知っているんだと思いこんで、間違った知識で一丁前にジャッジしてくる連中だ。そういう人間はね、当然訴えられた企業が悪で、訴えた企業が正義と思いこむに決まってる」

ある意味ぐうの音も出ない正論に、熊井は言葉を探している。隣に座って自分の考えを整理しながら、北脇は元部下のかつての発言を思い起こしていた。

藤崎亜季は、はじめはまるきり一般人の代表のようなことを言っていた。かわいそうですよ、ひどいですよ、悪いやつですよ……。だから当初は呆れたのだ。こんな知財センスのない女性が、俺の部下なのか。

だが彼女は聡かった。ビジネスとしての戦争の作法が一般人の正義とはかけ離れていることをすぐに理解して、乾いた布が水を吸うように知識を蓄え、打てば響く優秀な部下に育っていった。それでいて彼女がすごいのは、一般人の感覚も失わず、バランスをとり続けたことだった。その才能に気がついたとき、北脇は嬉しかった。よい部下を与えてもらえたと心から思った。

だが裏を返せば、藤崎亜季のバランス感覚は希有《けう》なのだ。ちまたの人間の意識は偏《かたよ》っている。自分のものさしでなにかを判断して、安直に断罪し、批判する。だから経営陣の懸念はもっともだった。

と、今度は販売部長が身を乗りだした。

「そもそもわたしは、この状況で『うちは悪くない』などと開き直るのはよい策とは思えません」

ろくに寝ていないのか隈《くま》が濃い。

「各地の部員からの報告を眺めるに、すでに取引先はかなり萎縮《いしゅく》していますよ。ネット上での悪評も無視できない大きさになっている。そのような状況で『我々は悪くない』などと、知財の世界の小難しい論理を振りかざしたところで誰が納得しますか？　わたしは今すぐ今宮食品と和解に動くべきかと。遅くなればなるほど傷は深くなる」

「それはつまり、今宮の言い値で特許を買い取る、またはライセンスするということですよ。前回の数倍の値段をつけられても文句は言えません」

「仕方ないでしょう。そもそも最初から買い取っておけばこんな事態にならなかった」

憤然と言い放つ声に、思わず北脇は熊井にささやいた。

「熊井さん、僕もすこし喋らせてもらってもいいですか」

「もちろん」と熊井は即答して、正面の増田に目を向ける。「社長、よろしいですか」

すると増田は腕を組みなおし、北脇を瞬きもせずに見やった。

「北脇さんは、どういう立場でものを言うの。上化さんの社員として？　それともうちの社員として」

北脇は一度息を呑みこみ、はっきり告げた。そんなものは決まっている。

「可能ならば、月夜野ドリンクの社員として発言したく思っております」

外から適当なことを言うつもりなどない。

増田はわずかに目を細め、「わかった」と言った。

「じゃあ僕のほうから、もう一度君を貸してくれるように上化さんには頼んでおくから」

「ありがとうございます」

「で、なにが言いたいの。そういえば、そもそも買い取り案を蹴るって提言したのは君だったな」

「そのとおりです」と北脇は目を逸らさず答えた。「そしてその判断が間違っているとは、今もまったく思っていません」

「こんなおおごとになってもか」

口を挟んだ常務のひとりに、北脇は「ええ」と鋭く目を向けた。

「なぜならこの一連の不可解な動きには、パテント・トロールが噛んでいる可能性が高いからです。もし不用意に脅しに屈してしまえば、我々はパテント・トロールにとって金を絞りだしやすい相手と記憶される。そうなれば今は切り抜けられようと、必ずまた同じようなトラブルに巻きこまれます。ならば最初の今回こそ、完膚《かんぷ》なきまで叩くべきです。ここで対応を間違ってはなりません」

「どれだけ悪評を立てられようと耐えろと。君たち知財部の戦に、販売部員を盾にして臨ませろと。君は矢面《やおもて》の人間の気持ちがわかってるのか」

「よくわかりますよ。わかっているからこそ、ここで屈してはいけないんです。そもそも考えてください。もし悪評に怯《おび》えて金を支払ったところで、それで肝心の悪評は消えますか？『月夜野は後ろ暗いから金で解決した』なる新たな噂を立てられない保証はありますか？」

場はしんと静まりかえる。北脇は身動きせず、正面の増田を睨むように見つめた。増田は目の前に置かれた『緑のお茶屋さん』に視線を向けている。

　やがて瞳だけを動かし、北脇に目を合わせた。

「僕が懸念している点はみっつ。ひとつはもし知財部の言うとおりに堂々と突っぱねて訴訟に至った場合、僕らに許される結末はひとつだよ。勝つ、それだけだ。勝てるの？」

「相手の特許を無効にできる公算は比較的高いかと。すくなくとも実質勝ちの和解にはもっていけるのでは」

「僕は、百パーセント勝てるかと訊いているんだ」

　北脇が黙りこむと、そもそも答えを待ってなどいなかったのか、「もうひとつ」と増田は言葉を継いだ。

「君はパテント・トロールが嚙んでいるはずだと言ったけど、確実な証拠はないでしょ」

「そのとおりです。ですが――」

「まあそれはいい。もちろん証拠は見つけてほしいけれど、現状でリスクとして見積もるのはわかる。でも、たとえパテント・トロールが関わっていて、徹底抗戦が最善手だとしてもだ、今の状況だと知財部の提案には乗れないと思っている人間も多いんだ。君たちが正しいと信じたい、そう思いつつも、心情的に全部を預けきれない。君たち知財部に、重大な疑念があるから」

い。

「……どんな疑念です」

増田はすぐには答えない。熊井も、厳しい顔をしているばかりで口をひらこうとはしな

「そもそも腑《ふ》に落ちないんだけど」と増田は続けた。「今宮食品とパテント・トロールは、なんでうちの『緑のお茶屋さん』が自分たちの特許を侵害してるって知ってたわけ。これだけ取引先を巻きこんで大立ち回りしてくれちゃったってことは、相当うちの侵害に確信持ってるんでしょ向こうは」

「そういうわけでは――」

「だけど北脇さん、君このあいだ言ってたよね。今回問題になるのは製法の特許だから、普通は侵害してるなんて他社から判断できないって」

「……それはそのとおりです」

「それがなんで、うちが侵害している前提で、こんなおおごとにできたのか」

ですからそれは、と発言しかけた北脇を制し、増田は声を低める。

「いろんな理由が考えられるだろうとは思うよ。だけど一番に思いつく、最悪な理由っていうものがある」

「なんでしょう」

「うちの社員の誰かが、情報漏洩《ろうえい》してるっていう場合だよ」

　みょうに確信を持って言い切る増田を、北脇は怪訝に窺った。

「わたしは、情報漏洩がこの事態を招いた可能性は極めて低いと考えていますが……それとも誰か、情報漏洩が疑われる人間が見つかりましたか」

「そのとおり」

「どういう立場の者です」

　増田は一度口をつぐみ、手を組んだ。じっと北脇を見つめている。嫌な予感がする。

　しかし増田ははっきりとは答えず、机の上をまとめはじめた。

「とにかくだ、今日は和解か訴訟か、結論は出せないな」

「しかし」と誰かが声をあげた。「早急に手を打たなければ企業イメージが――」

「手は打ってるでしょ。今こうしてみんなで、必死にベストの手を考えてる」増田はぴしゃりと遮《さえぎ》る。「短期的イメージの悪化は、まだどうにでも取り返せる。世間の人間の怒りなんて長続きしない。喉元過ぎればなんとやらだ。だけどここで進む方向を間違えれば、僕らは致命的な痛手を負うだろうな。それは僕の経験に基づく結論だ」

　ということで、と増田は『緑のお茶屋さん』を手に取り立ちあがる。

「明日の午後、もう一度会議して、そこで決めましょう。訴訟にだって突き進むべきという知財部も、早急に和解すべきというみなさんも、それぞれの意見をエビデンス込みでしっかりまとめてきて。感情論じゃなくて、ビジネスをやって。以上」

増田は、最後の一言を北脇の目を見て告げると出ていった。

北脇はじっと口を引き結んだまま、増田の背を、次いで慌ただしく去っていく役員たちを見つめていた。

情報漏洩者がいる。

信じがたい。だが増田は明らかに確信を持っていた。そういう人間がすでに見つかっているのだ。それは誰だ？

そもそもなぜ増田は、『感情論ではなくビジネスを』とこともあろうに北脇に向かって告げたのか。

考えこみながら、法務部長と話しこんでいる熊井を横目に立ちあがる。と、

「北脇さん」

と声をかけられた。見れば常務の木下《きのした》が神妙な顔で立っている。立っているばかりで口をひらかない。北脇はわずかに戸惑いながらも話しかけた。

「……お久しぶりです。さっそくですが、我々の考えに賛同いただけますか？　もしいただけるようであれば——」

「できるよ、基本的にはな。俺も知財出身の人間だから」

そう前置いて、だけど、と木下は視線を逸らす。「その策を通すには、たぶん君はまず、切り捨てなきゃいけない」

「……なにをです」

木下は息を吐き、北脇を部屋の隅へ手招いた。眉間に皺を寄せている若き弁理士に、声をひそめて言った。

「情報漏洩しているかもしれない人間がいると社長が言ってただろ」

木下の声は沈んでいる。

「その人物は、パテント・トロールである総合発明企画の人間と、親密な関係である可能性がある。実際総合発明企画の人間が月夜野ドリンクを訪れて、その人物が自室に忘れていったというペンを預けに来たそうだ」

「ペン？　わざわざ会社に届けに来たのですか？　……うさんくさい気がしますが」

「当然うさんくさい。まるで自分たちの関係を我々に見せつけるようで、件の人物を疑ってほしいと言わんばかりだ。だがすくなくともその人物が、総合発明企画の社員と懇意《こんい》なのは目撃証言からも明らかだった。加えてその人物は群馬の研究所での業務中、人目を盗んで何度もスマートフォンをいじっていたらしい。すでに秘密情報を漏らしていないとは断言できない」

「秘密情報というのは、我々の『緑のお茶屋さん』の製法の詳細ですよね。その情報にタッチできる人物は限られます。製品開発部の部員か、工場の関係者——」

「——または、技術情報を閲覧《えつらん》、管理している知財部員だ」

北脇は言葉を失った。

ふいに身を乗りだし、強い調子で問いただす。

「なにを仰《おつしや》りたいんです」

ありえない、荒唐《こうとう》無稽《むけい》な発言をしようとしていないか。

「賢い君ならもうわかってるでしょ。総合発明企画の人間と懇意で、その人間の部屋に入り浸っている可能性があって、秘密情報にタッチできる人物」

そうだよ、と木下は苦い顔でつぶやいた。

「情報漏洩の疑いをかけられているのは君の部下、藤崎亜季だ」

＊

亜季の部屋の小さなテレビの画面には、今宮食品の社長が身振り手振りを交えて訴える姿が映しだされている。

『月夜野ドリンクさんはね、「そのような事実はない」なんて取引先に返答したんですよ。なんて返答ですか、侵害の事実は、はっきりここにあるでしょうが！　これほど高名な会社が、このような仁義を欠いた対応をしてくるとはとても信じられません。今も信じられない。月夜野ドリンクさん、あなた方はこんなにあくどい企業だったんですか？　わたしは心底落胆しました。企業として、人としてこれでいいとお考えなんですか？』

真っ赤な顔で、涙さえも浮かべて世間の感情に訴えるその姿は格好のネタになるらしく、会見の様子は長々と放映されている。

亜季はそれを睨むように見つめていた。

睨んでいないと泣きそうだった。

今宮食品の社長の主張はこうだ。月夜野ドリンクは、小企業が一生懸命開発した、『汗と涙の結晶』である特許を侵害して技術を盗用している。それに気づいているにもかかわらず、売買にも応じず、無視を決めこんでいる。

よって仕方なく、このような世論に訴える方法に出た。

もし知財部に所属されるまえの亜季が第三者としてこの会見を見ていたら、今宮の社長に同調して、月夜野ドリンク、なんてあくどいんだと憤慨しただろう。

知財部員になって日が浅い亜季なら、こんなふうに自分の会社が責められるのを見ていられず、テレビを消してしまっただろう。

だが今の亜季は目を逸らさなかった。涙をこらえて画面を見つめ続けた。唇を嚙んで、悔しさを抑えこんで、相手の主張を余すところなく、すべてを聞き漏らすまいとしていた。冷静になるのだ。そうでなければ最善の対応策なんて見つけられない。感情で訴える相手に、感情で戦いを挑むのは大悪手だ。

これはあくまで、ビジネスなのだから。

そうですよね、北脇さん。

本当は手が震えている。今すぐ北脇に相談したい。元上司のプライベートの電話番号は暗記している。電話をかけて助けを求めたい。月夜野ドリンクはどうしたらいいですか。わたしはどうすれば信じてもらえますか。

潔白なんです、情報漏洩なんてしていないんです。

北脇さんは——北脇さんだけは、わたしを信じてくれますか？

でもできない。この件に北脇を巻きこんだりしたら自分を許せないし、そもそも亜季の手元にはもう連絡手段はない。仕事用の鞄《かばん》ごと、自分の意志で会社に預けてしまった。

瀬名が帰ってすぐ、亜季は『総合発明企画の瀬名に接触された』と熊井に報告した。もちろん自身は潔白だとも訴えた。しかし亜季が総合発明企画の社員と繋がっているかもしれないという噂は社内に瞬く間に広がって、もう熊井も手の施しようがなかった。

　そして熊井は、苦渋の表情で亜季に告げた。

「僕はもちろん、君を信じているけど」

　このやさしい部長を苦しませたくなくて、亜季は「わかっています」と懸命に平静を保って答えた。

「会社が懸念している理由は理解しています」

　瀬名が突然訪ねてきたのがいかにも不自然なのは、誰もが気がついている。だが確かに亜季は知財にまつわる機密情報は把握しているし、瀬名と知り合いで、先日特許庁のそばで言葉を交わしたのも事実。

　ならば亜季が嘘をついていて、本当に瀬名と特別親密な関係であるかもしれないし、そうでなくともうっかり機密を漏らしていた可能性も充分ある。そう会社が疑って、警戒するのは当然だ。

「今、余計な心配や調査に時間を割く暇はないのに、こんな騒ぎになって申し訳ありません。わたしは自宅に待機します。仕事に関係するものは全部置いていくので、お好きに見ていただいて構いません。瀬名君の着信があった私用のスマートフォンもお預けします」

熊井は口をきゅっと結んで、「ごめんね」と絞りだす。亜季はうつむいた。熊井はなにも悪くないのに。もとはといえば亜季が蒔《ま》いた種だ。亜季に人を見る目がなかったのだ。

そうして退社してきた。みなの視線が痛かった。仲間を疑いたくない、でももしかしたら本当にあいつが、と考えずにはいられない。そういう葛藤《かっとう》が滲《にじ》みだした視線。逃げだしたかったがなんとか耐えた。皮肉なことに、亜季の敬愛する元上司もかつて同じような視線に苦しんだのだろうという事実が、この期《ご》に及んでは救いだった。

あの冒認出願事件のとき。

北脇も心の中では泣いていたのだろうか。

嚙みしめた口元が震える。目の奥が熱くなる。両手を握りしめる。ひどい感情に揺さぶられて、胸が痛んで、息ができなくなりそうになる。

今回の件、知財部は徹底抗戦を主張したかった。総合発明企画がパテント・トロールとして関与している恐れがあるからこそ、ここで膝《ひざ》を折ってはならないのだと。

だが熊井や又坂は当初、経営陣の説得には苦戦するだろうと考えていた。総合発明企画が嚙んでいる証拠が現状では得られていないから、早急に和解を求める意見を押さえこめない。

しかし亜季が総合発明企画に情報漏洩している可能性が出てきたことで、事態は思わぬ方向に動いてしまった。皮肉にもこの疑惑によって、本当に総合発明企画が関与している恐れがあると上層部は理解してくれたものの、今度は亜季の存在がネックになって、知財部の提案が受けいれられがたくなってしまっている。

この袋小路を脱する方法はひとつ。

亜季が自身の潔白を証明し、かつ瀬名が所属する総合発明企画が今宮食品と組んでいるという確かな証拠を手に入れること。

だが今の亜季に、なにができるというのだろう。

そもそもだ、もし本当に瀬名が、亜季がいるから月夜野ドリンクをターゲットにしたのならば、亜季はいったいどう責任をとったらよいのだろう。瀬名は今でも亜季を軽んじて、チョロい人間だと思っている。だからわざわざ会いに来たのだ。心配しているふりをして、嘲笑《あざわら》おうとした。

そういう亜季に対する舐めた視線を、そのまま亜季の勤める会社にスライドさせたのだとしたら。

わたしが悪い。わたしのせいだ。わたしの……。

「……だめだ」

断ち切るように両手で頬《ほお》を叩いた。落ち着け。感情に呑みこまれちゃだめだ。

これはビジネス。ビジネスなのだから。

話題の移り変わったワイドショーを消して、大きく息を吸う。

スケッチブックをひらく。

真っ白い紙の隅には、書きかけのむつ君がぽつりと佇《たたず》んでいる。身体《からだ》はほとんど仕上がっているのに、表情だけは空白だ。決まっていない。決められない。

そのからっぽの顔を見つめながら、常に冷静で理論派の元上司の思考をできる限りトレースしようと頭を働かせる。

「そうだ。わたしがいるからなんて感情的な理由だけで、瀬名君や総合発明企画が月夜野ドリンクに狙いを定めたわけがないんだ」

企業は感情だけでは動かない。そこには必ず、なんらかのビジネス上のメリットが存在するはずだ。落ち着いて、物事の裏に流れる理屈を考えろ。北脇なら必ずそう言う。

「きっと瀬名君には、確証がある」

『苦み特許』を月夜野ドリンクが間違いなく侵害しているという、確かな証拠を握っている。だからこそ月夜野ドリンクを最初のカモに選んだし、こんな大それた糾弾のキャンペーンに打って出たのだろう。

となると。

亜季はのっぺらぼうのむつ君を眺めて口の端に力を入れた。

「瀬名君がいまさらわたしに接触してきたのも、自分のすごさを見せつけたいからとか、わたしを見て笑いたかったとかじゃなく、ビジネスとしての意味があるはず」

パテント・トロールは、あくまで相手企業に金を払わせるのが目的だ。そのために、経営判断が『徹底抗戦』ではなく『金を払う』に傾くように工作する。たとえば一度に膨大な特許の侵害を指摘することがある。そのひとつひとつを精査するには時間もコストもかかり、本来の業務が停滞してしまう。だったらもういっそ要求どおりに払ってしまえ。そういう判断を誘うのだ。

今回の瀬名も、似たような効果を狙って亜季に接触したはずだ。潔白が証明できない以上、亜季は業務を外れざるを得ない。そして会社側も、亜季が情報を漏らしていないか精査しなければならなくなる。ただでさえ少数精鋭だった知財部には致命的だ。知財部自体の信頼もがた落ちして、おそらく知財部が主張する『徹底抗戦』の主張は通らなくなる。

そうして知財部の信頼を低下させ、仕事ができなくさせたかったのだ。それには亜季の存在がちょうどよかった。利用できそうなものが落ちていた。それだけ。瀬名にとって亜季が、いつでもそういう都合のよいものだったように。

「わたし、全然変わってない」

まんまと利用されている自分が、悔しくて仕方なかった。あのころと変わっていない。変わらないどころか、みんなに迷惑をかけている。熊井の足を引っ張り、会社に迷惑をかけ、北脇の期待にも応えられていない。

それでいいのか。せめてなにかできないのか。

へっぽこ代打でも、亜季は足だけは速かった。誰にも負けなかった。だったら必死にバントして、必死に走ってアウトになれば、仲間をさきに進めることだけはできるかもしれない。すこしは助けになれるかもしれない。

アウトになれば。

「……そうか」

亜季は白い壁をしばらく見つめた。それからそっと、スケッチブックにちょこんと座りこんだむつ君に向かって静かに口をひらいた。

「いつも、悪者になってくれましたよね」

むつ君の向こうの誰かに話しかける。

机に転がるペンをとる。

「だから今度は、わたしが悪者、頑張ってみます」

知財部に配属されたのは、亜季の意思ではない。

選び抜いてこの会社に入ったわけでも、今の仕事についたわけでもない。

亜季の人生は代打の人生。そこにいるのは誰でもよかった。本当は誰も、亜季に真には期待していない。打てずに打席を去ったとしても、だよね、としか思われない。

だからこそ。

この最後の打席に賭けるのだ。

亜季はむつ君に、にこりと微笑むやさしい表情を描きいれた。しばらく眺めてから、音もなくスケッチブックをとじた。

「さよなら、北脇さん」

＊

夜も更《ふ》けて、遅くまで奔走していた社員もほとんどが帰り、群馬の研究所の事務フロアは暗闇《くらやみ》に包まれていた。

そんななか北脇はひとり知財部のソファに浅く腰掛け、赤く点滅する監視カメラを見つめている。

知的財産部なるものが月夜野ドリンクに創設された際に居室としてあてがわれたのが、

このガラス張りの一室だった。親会社からわざわざやってきた北脇に気を遣ったのか、ソファと冷蔵庫の休憩スペースを完備。同時に監視カメラも完備。

もっとも、監視カメラをつけるべきと進言したのは北脇だ。知財リテラシで後《おく》れをとった業界の、そのなかでも後れをとりつつあったこの企業の人々に、知財部とはそれほど重要な情報が集まってくる場所なのだと理解してほしかった。そしてこの独創性に満ちた製品を次々と繰りだす魅力ある企業の人々に、まずは面倒で嫌なもの、怖いものとしてでもいいから、知財の存在を深く認識してほしかった。

理由はもうひとつ。北脇という異分子を受けいれねばならない月夜野ドリンクの社員を安心させるためには、北脇自身を監視させることが必要だと思った。

いや、本当は安心させるなどという生ぬるい心持ちではなかった。お前たちがどう思おうと、俺は俺の正義を、正しいと考える仕事を為《な》す。監視されようと構わない。だから見ておけ。

そういう、挑戦のような気持ちのほうが大きかったのかもしれない。

実際のところ北脇は、他人に見せているほど余裕のある人間ではない。狭量で、負けず嫌いで、根拠もない疑惑の目を向けられることになどそう長くは耐えられない。

それもあってかなんなのか、幸か不幸か北脇自身が情報を流出させたと疑われることは一度もなかった。今夜とて誰も疑いはしないだろう。パソコンは共用のものを借り受けているし、監視カメラは相変わらずまんじりともせずに知財部を見守っているのだから。

だが。

北脇は組んだ両手を額に当てて口の端に力を入れた。傍《かたわ》らに置いたパソコンのディスプレイの光が消えてから、すでに長い時間が経っている。

さきほど群馬に向かう新幹線の中でも、この部屋に辿りついてからも、休まず策を練り続けてきた。明日までに徹底抗戦のためのエビデンスを、折れないことこそがこの苦境を脱する手立てであるという強力な主張を、どんな反論もはねのけるような理屈を創《つく》りださねばならない。理屈で感情をねじ伏せられなければ、このままパテント・トロールの餌食《えじき》になるだけだ。

だがそうして必死に考えるあいだにも、思考はスライドしていく。似ているようでまったく別のことを悩んでいる。

藤崎亜季の潔白を、どうやって証明すればいいのか。

そちらに頭をめぐらせている。

大悪手だ。今、藤崎亜季の件に気を取られる余裕はいっさいない。そうわかっていても切り替えられなかった。知財部員であろうと人間だ。北脇だって人なのだ。疑われている同僚を放って、その人物についてなにひとつ思いをめぐらせずに目の前の業務に集中できるわけがない。

まずもって藤崎亜季が、不用意に外部に情報を明かしてしまうとは考えられない。仮に瀬名良平と特別に親密な仲だとしてもだ。いや、瀬名がどれほど魅力的な男であろうとも、観覧車を苦しそうに眺めていたあの藤崎亜季がいまさら心を寄せるとは、北脇にはどうしても思えない。北脇の元部下にかけられた嫌疑は限りなく冤罪《えんざい》だ。

そんな状況であの、他人の感情の機微《きび》に聡い元部下がどういう心情でいるのか、察するにあまりある。北脇が想像する何倍も傷つき落ちこんでいることだろう。わかっていて放っておくのか。手を差し伸べないのか。

これは理屈ではないのだ。

しかしそんな自分を、冷ややかに見つめている自分もまたいる。

数少ない知財部員が仲間の潔白に気を揉めば、マンパワーも集中力も削られる。それこそパテント・トロールが狙った効果なのだろうから、今は疑われた仲間は無視して、捨て置くのだ。藤崎亜季の潔白を証明する余裕も時間もない。

それどころかむしろ今は、藤崎亜季の疑惑をうまく利用してことを有利に運ぶべきではないのか。藤崎亜季が情報を漏洩してしまった、クロなのだという前提で話を進めてしまえば、パテント・トロールの関与を経営陣に容易に納得してもらえる。そのうえで、知財部への悪化した心証すらもひっくり返せるような強力な論理の構築に全力を傾ける。事態を打開するにはそれしかない。

それこそ正しい道で、感情のさしこむ余地はない。お前がここで熱くなってどうする。北脇雅美《まさよし》に求められているのは専門家としての知見と状況打開能力、それだけだ。藤崎亜季が瀬名良平と親密になりえないだなんて、単なる願望だろう。冷静さを失って、感情に振りまわされてバランスが取れなくなっているお前など、誰が必要とするのか。感情になど理屈で蓋《ふた》をしろ。求められていることを為せ。求められる自分でいろ。いなければ。

北脇は、組んだ手を額に押しつけたまま暗闇を睨んだ。

すっかり目が慣れて、親しみ深い知財部の居室がぼうっと浮かびあがっている。膝を突きあわせるように置かれたふたつの机は北脇が去ろうとそのままで、今も藤崎亜季が使っている片側にだけ、山と置かれた資料やファイル、大きなモニターが影を添えている。

北脇は、そこに部下の姿を見た気がした。

マウスを握りしめ、前のめりになってモニターを見つめる、真剣で、期待に応えようと懸命な、いつもの藤崎亜季が。

そう思った瞬間、北脇は立ちあがった。

冷蔵庫に歩み寄り、さきほど買った『緑のお茶屋さん』を取りだしてひと息に傾ける。『緑のお茶屋さん』。月夜野ドリンクの魂《たましい》。その苦みを存分に味わう。

味わって、噛みしめるようにつぶやいた。

「感情で動いて、なにが悪い」

そうだ、なにが『求められる自分』だ。己の意志を貫き通すために理屈をひねることの、なにがいけないというのだ。ビジネスの場ではいつでもそうしてきたではないか。理屈によって相手の心を動かし、仲間の思いを救ってきたではないか。

藤崎亜季をクロとみなしてみなを納得させるのは、北脇の正義ではない。心からの望みではない。

藤崎亜季はシロで、だからこそ知財部の戦略は正しいと主張するのだ。そういう主張が通る理屈を考えろ。藤崎亜季を捨て置くのは嫌なのだという自分の感情に従え。ここでできねば一生、俺は半額シールの貼られた安物のエビのままだ。エゴでもなんでもさしだしてみなければ、相手がどう思うかなんてわからない。

会いに行こう、と北脇は決意した。

藤崎さんに会いに行く。あのとき――カメレオンティーが発売できなくなったとき、なにもかもがどうでもよくなっていた俺の前に現れて、あなたの汗と涙の結晶を救ってみせると豪語した、藤崎さんのように。

そうするつもりだったからこそ、俺は今夜、わざわざ群馬に戻ってきたのだ。

放置していたパソコンのデータをクラウドに保存すると、『緑のお茶屋さん』を鞄に突っこみ部屋をあとにする。鍵をかけ、暗い廊下を早足で歩きだす。

藤崎さんの口から直接話を聞いて、そして考えろ。総合発明企画が関わっているのならば、この件を仕切っているのは瀬名良平だ。かつて根岸ゆみがクソ男と称していた、浅はかで歪《ゆが》んだ見栄を原動力に動く男。

であれば北脇はひとつ、総合発明企画の内部事情を知りうる強力なピースを持っていることになる。瀬名の思惑をトレースしろ。代表の思惑はどうあれ、瀬名が月夜野ドリンクを最初のターゲットに選んだ理由に藤崎さんが関係ないとは思えない。わざわざ藤崎さんに会いに来たことだって、知財部のマンパワーを削ぎたいだなんて頭で考えて思いつく理由ばかりではないかもしれない。人間なのだから、百パーセントビジネスで動くわけじゃない。藤崎さんなら必ずそう言う。

やはり根底にあるのは感情なのだ。藤崎さんに自分の仕事を誇示して優越感に浸りたいからこそ、瀬名は自ら現れた。そういう男は、なにか必ずビジネスではないことをしでかす。必要のない行動を、自分のために行ってしまう。ちょうど今の北脇のように。

だがそれこそが突破口に――と、年季の入った階段を逸《はや》る気持ちでおりたところで、北脇ははっと立ちどまった。

明かりの落ちたロビーの向こう、ガラス扉のさきに、こちらに向かって歩いてくる人影がある。誰か来る。販売部の人間か、それとも――と考えたところで唇を引き結んだ。

向かってくるのは、藤崎亜季だった。

身を強《こわ》ばらせ、不安そうにきょろきょろとあたりを窺っている。と思えば硬い表情でこちらへ近づいてくる。胸の前で、白いなにかを握りしめている。

そのなにかの正体に思い至った瞬間、北脇は早足でロビーを横切って、通用口から外に出た。そしてうなだれた部下の背に、静かに呼びかけた。

「藤崎さん、手にしているものを渡してほしい」

＊

研究所の駐車場の片隅に車を停《と》めて、亜季は助手席に置いていた白い封筒に目を落とした。それから短い息を吐き、封筒を手に取り車を出る。慣れ親しんだ職場へと歩きだす。

すでに夜は深い。自宅待機のはずの亜季がこんな時間に勝手に戻ってきたのを見られたら、いよいよ疑われるのは間違いない。だが連絡手段がないから自分で来るしかなかったし、そもそもいまさら疑われたって構わない。この封筒を正面玄関の横に設けられた投函《とうかん》口へ投げ入れれば、それで終わりなのだから。

研究所を仰ぎ見る。慣れ親しんだ知財部の部屋は暗く、ブラインドがおりている。もうあの部屋に戻ることはないのだろう。そう思うと胸を衝《つ》かれたようになった。

気持ちを抑えこんで、静かに足を運ぶ。あとすこし、あそこへ封筒を放りこんだら、もうさよならだ。

しかしいざ正面玄関をゆきすぎようとしたとき、足はとまってしまった。

玄関のガラス扉の奥にはロビーが広がっている。右奥の、自社商品がここぞと並んだ自動販売機は今日も皓々《こうこう》と輝いていて、歴代の商品がずらりと並んだフロントも、その光を受けてうっすらと闇に浮かびあがっている。

どうしようもなく寂しくなった。最後にせめてロビーに立って、『お世話になりました』って頭をさげられたらいいのに――なんて叶わぬ願いを脳裏によぎらせたときだった。

「藤崎さん」

背後から想像もしていなかった人物の声がして、亜季は跳ねあがるように振り向いた。

聞き間違いだ。あのひとがここにいるわけがないんだから。

でも間違いではなかった。

確かに、夜間通用口の前に、かつての上司が立っている。険しい顔で、亜季をひたと見つめている。

「北脇さん……」

それしか言葉が出なかった。なぜだ。どうしてこのひとが月夜野ドリンクにいる。

いやそれよりも、この表情は。

「藤崎さん、僕は――」

「違うんです！」と亜季はとっさに叫んだ。「わたしはなにも喋ってません。信じてください、潔白なんです！」

叫びながら、こんなこと言ったって無意味だと頭のどこかで思っていた。北脇が『だろうな、藤崎さんを信じるよ』なんて納得するわけがない。この元上司がどういうふうに物事を考えるかなんてよく知っている。

そもそも北脇は今、亜季を見てどう思っただろう。自宅待機のはずなのに、ひとけのない時間に会社に来ている元部下を――

だめだ、と亜季は後ずさった。ひっくり返せない。自分の潔白を証明できない。失望される。期待のすべてを踏みにじられたと落胆される。

だが、覚悟した耳に届いたのは思わぬ一言だった。

「信じるよ」

迷いもなく言い切った北脇を、亜季は驚きの目で見つめた。

「……どうしてです。理屈が通ってないじゃないですか」

幻聴ではないのか。北脇がなにより大切にしている理屈がめちゃくちゃではないか。

「そういうわけでもない」

と北脇はかすかに頬をゆるませた。「もちろん現状で藤崎さんを信じうる証拠はなにもないし、そちらに賭けるのは感情論にすぎない。でも僕なりの理屈は通っている」

「理屈……」

「僕が信じたいから信じる。ときにはそういうのもいいでしょ」

「……北脇さん」

「もちろん手放しで信じるなんて宣言はできないし、そういうタイミングでもない。今僕らが取り組むべきは、どうやって今宮食品に対抗するのか、その最善策を探ることだから。だからこそ」

北脇は短く息を継いだ。「だからこそちょうどこれから、失礼ながら藤崎さんの家の前まで押しかけて、こう伝えようと思っていた。僕は藤崎さんを信じたい。信じたうえで、この状況を打開したい。だから手を貸してくれないか、って」

　亜季は息を呑んだ。

　これは心だ。北脇の感情で、決意だ。

「……やっぱり、どうしてです」

「なにが」

「どうして潔白を信じてくれるんです。信じたいから信じる、その理由はなんなんです」

「けっこう理屈っぽいな、藤崎さん」

　笑われて、だって、と亜季は涙に耐えた。どうしても知りたく思ってしまうのだ。なぜ見捨てないでいてくれるのだろう。『亜季を信じたい』と心を贈ってくれるそのわけは、北脇のなかのどこから湧いてくるのだろう。

「それはもちろん、僕にもいろいろ理由はあるわけだけど」

　と北脇はやさしい声で言った。

「藤崎さんは、僕のヒーローだから」

　臆面《おくめん》もなく放たれたドラマみたいなセリフに、亜季は胸を衝かれて顔をあげた。北脇に視線を向けたまま、何度も瞬《まばた》きした。

　どれだけ瞬きしようと、目の前の笑みは消えることはない。これは幻でも嘘でもない。

涙がこぼれた。

「……わたし、退職願を出しに来たんです」

よく冷えた『緑のお茶屋さん』を、北脇はロビーで買ってきてくれた。それを自分の車の運転席でちびちびと口にしながら、亜季はぽつりと話しはじめた。

「わたしができるのはもう、会社を辞めるって覚悟でみんなを動かすことくらいだって」

助手席に座った北脇は、同じく『緑のお茶屋さん』を傾けつぶやく。

「やっぱりそうだったか」

「見抜いてましたか」

「まあ、藤崎さんとも付き合いが長くなってきたしな。藤崎さんには現状、それくらいしかできることがない状況でもあるし」

どうやら北脇は、亜季の手にした白い封筒の中身に察しがついていたらしい。

そう、これは退職願だ。

退職願と、辞めるに至る決意と願いを書き記した長い手紙だ。

「大事なときに混乱させたのは事実で、いずれ責任はとるつもりでした。でもいずれじゃなくて、今じゃなきゃだめなんだと思ったんです。わたしは潔白だけど、知財部の策を守るために身を引きます。だからみなさんもどうか、冷静に熊井さんの案を検討してくださいって。どうか不安に囚《とら》われず、専門家の知見を信じてくださいって」

「経営陣の誰かが、藤崎さんの決死の覚悟に心を動かしてくれるかもしれない、それに賭けようとしたんだな」

「感情に訴えるだけのダメダメな策なのはわかってます。でも自分の潔白を証明できない以上、わたしにはもう、誰かの心をなんとかして揺さぶるしかできなくて。熊井さんを援護できる方法が、それしかなくて」

和解案を強力に推し進める人々の不安もわかる。今このときの悪評を抑えこまねば、坂道を転がりおちていくかもしれない。それが怖いのだ。亜季だって怖い。だが恐怖に支配されて道を選ぶのは悪手だ。世間の激烈な反応に惑わされてはいけない。パテント・トロールには、徹底抗戦しなければならない。

そう主張するであろう熊井を、亜季は援護しなければならない。研究所にこの退職願を投函しておけば、明日になれば誰かが見つけてくれる。すぐにその存在は東京本社にも知らされて、すこしは議論を揺るがせられるかもしれない。それに賭けるしかなかった。

「もしそれでも経営陣が動いてくれなかったら……最後の手段も考えてはいました」

「まさか、『自分が情報漏洩しました』と嘘の証言をして、パテント・トロールの関与を証明しようとでも思ってた？」

「……だめでしたか？」

北脇があからさまに怒っているのでそっと尋ねてみると、「だめに決まってる」と温度の低い声が返ってきた。

「上司をぶん殴った南の馬鹿の気持ちがようやくわかった。そんなことになったら、僕もぶん殴る羽目になってたよ」

「……わたしを、ですよね」

「違う。僕自身を含め、藤崎さんがそんな嘘をつかなきゃいけないようにさせた全員をだ。いくらビジネスでも虫酸《むしず》が走る」

けっこう本気っぽい言い方なので、亜季は慌てて弁解した。

「もちろんこれは最後の最後の手ですよ！　きっと熊井さんも木下さんもだめって言うでしょうし、わたしも積極的に嘘なんてつきたくないですし、だからどうにかわたしの退職でことが収まればいいなって、そういうつもりでした」

「なるほどね」と北脇は小さく息をつくと、冷静な表情に戻ってフロントガラスの向こうに目をやった。「でも、それだって褒められた手じゃない」

「すみません……」

「藤崎さんのためにならないって意味だよ。退職願なんかで人の感情を動かそうとしたら、藤崎さん自身はただではすまないでしょ。潔白を証明できないのに辞めたら、なにも知らない人は、自分がクロだと言っているようなものだと考える。そんなことして、自分のキャリアを全部棒に振るつもりだったの」

「それは別にいいんです」

亜季はうつむき笑った。会社のために犠牲になるなんて、馬鹿らしいと笑われるかもしれない。でも亜季は犠牲になったつもりはない。自分がアウトになってみなを助けられるのなら、それでよかった。それこそが、亜季がなしたいことだった。

そう、むつ君を見つめながら気がついた。

「それに……こんなこと言ったら、感情ばっかりで物事を考えているって笑われるかもしれないですけど、もともと月夜野ドリンクが目をつけられたのも、わたしのせいなんじゃないかってところもあるんです」

「……瀬名良平のこと？」

「はい。パテント・トロールって、カモになりそうな企業に狙いを定めるんですよね。知財部がちゃんとしてなくて、対応が後手後手にまわりそうな会社を。でもうちの会社、このごろの知財戦略はまっとうだったと思うんです。もちろんそれは北脇さんや熊井さんのおかげなんですけど、外からだって充分そういう変化は見えてたはずです」

にもかかわらず、総合発明企画は月夜野ドリンクをターゲットに選んだ。

「もちろんいろんな理由が重なってのことではあるはずです。でも……瀬名君にとっては、わたしがいるからも大きいんじゃないかと」

「藤崎さんに自分が優れていると見せびらかしたい、優越感に浸って支配したい。そういうクソみたいな感情が、今回の件には大きく絡んでいるんじゃないかってことか」

「見せびらかしたいというか……瀬名君は、わたしをなんというか、その、チョロい相手だと思っていて、それでわたしが所属する知財部も舐めてかかったんじゃないかと思うんです。だからこれはわたしのせいなんです。会社を辞める覚悟はできてます」

亜季が言い切ると、北脇は『緑のお茶屋さん』を傾けたまま、すこしだけ目をすがめた。怖い顔をしている。亜季のせいだと思って怒りを感じているのだろうか。あまりに感情に傾いた、自意識過剰な物言いに呆れているのか。

わからない。怖くなって『緑のお茶屋さん』を握りしめる。

「それで藤崎さん、辞めたあとはどうするつもりだったの」

「それは」

一瞬だけ逡巡《しゅんじゅん》して、正直に打ち明けた。

「……実は、総合発明企画に入社してみようかと思っていました」

助手席に背をもたれていた北脇が、驚きの目でこちらを見た。

「もちろん熊井さんたちが意図を理解してくださったら、のことですけど」

「それはまたなぜ」

「だって今回の特許は製法の特許で、外部からは侵害の証拠なんて摑《つか》めないはずなのに、今宮食品は堂々とうちを槍玉《やりだま》にあげましたよね。つまり今宮食品と総合発明企画は、うちの侵害の証拠を握ってるんです。もちろんわたしは流してません。絶対してない」

「わかってる」

「でも侵害の証拠は、情報漏洩以外では入手が困難なのも事実です。だとしたら、わたし以外の誰かが情報を流したわけで。その誰かを捕まえたいんです」

亜季は『緑のお茶屋さん』のパッケージに目を落とす。

「総合発明企画に入社すれば、社内情報を閲覧できるはずです。誰が情報を流したのかわかります。そうしたらまた、打てる手が出てきますよね？　もし今回莫大な和解金を払う羽目になってしまったとしても、情報漏洩者がいるって判明すれば、状況は変わる。熊井さんや北脇さんが、月夜野ドリンクを救ってくれる」

亜季はふたりの上司を信頼している。うまくやってくれるはずだと信じている。総合発明企画は、亜季がいたことで月夜野ドリンクに目をつけた。でも亜季がいたことで、知財部の真の実力に打ちのめされるのだ。

「瀬名君、このあいだ言ってました。もし会社に捨てられたら自分を頼れって。総合発明企画に来てもいいし、今度は見捨てないからって。意味がわからないですよね。わたしがいまさら彼を頼るわけないのに。もし月夜野ドリンクを追い出されたって、瀬名君にだけは助けは求めないのに」

ますます軽んじられているようで、猛烈に腹が立った。

「でも逆に思ったんです。そう言うのなら利用してやらなきゃって。彼、わたしをチョロいと思っているから、逆にチャンスなんです。月夜野ドリンクから追放されたふりをして頼れば、ころっと信じて、入社させて子分みたいに扱いはじめるんじゃないかって」

「その可能性はあったかもしれない。でももしかしたら瀬名は、そうやって藤崎さんが頼ってきたところで、お前を助けるわけがないとはしごを外すつもりだった可能性もある」

「ありえますね。一度観覧車の中でやられてますし。でも、それならそれで仕方ないです。バットは振ってみなきゃ、当たるものも当たりません」

そうだな、と北脇はつぶやいた。

「……ただ総合発明企画に入社なんてしたら、藤崎さんはさらに多くの人間に誤解される。

情報漏洩者を捜すためにパテント・トロールに入社したなんて理屈、信じてくれる人ばかりじゃない」

「別にいいです。わたし、今までずっと悪者にならずにすんできました。熊井さんと北脇さんが守ってくれたので。だから今回は悪者上等です」

「損な役割を積極的に引き受けるのは感心しない。捨て身のビジネスはビジネスじゃない」

「北脇さんこそ、いつも悪役を引き受けてるじゃないですか」

「僕は、藤崎さんの役割じゃないって言ってるんだ」

「なんでですか？　そういう大事な仕事はまだ早いとか——」

「僕が嫌だから」

え、と亜季は、思わず上司の顔を盗み見た。どういう意味だ。

北脇の表情は動かない。遠くを眺めるような顔で、『緑のお茶屋さん』を口にしている。

「だけど藤崎さん、その努力は徒労に終わったかもしれない。必死の思いで総合発明企画に潜りこんだとして、情報漏洩者なんて見つからなかったかもしれない」

思わぬ言葉に、亜季は声につまった。

情報漏洩者なんて、見つからない？

「……どうしてです」

「藤崎さん、言ってたでしょ。侵害の確証は、月夜野ドリンク内部からの情報漏洩でなければ手に入らない。だから誰かが情報を漏洩しているのは間違いないって」

「はい」

「それは違う。そうとは限らない」

なぜだ。亜季は眉を寄せた。言わんとしていることがよく理解できない。

「総合発明企画は内部情報を盗まなくても、うちが侵害してるって証拠を得られるんですか？　いったいどこから」

「え」

「そうじゃない。そもそも侵害の証拠が絶対に必要なわけじゃないんだ」

「総合発明企画は、確信的な証拠なんて握ってなくても今回の騒ぎを起こしうる」

「うちが侵害しちゃってる、確実な証拠なんていらないってことですか？　そんな、でも……警告書すら送らずに、一足飛びにこんな大騒ぎを起こしちゃったんですよ？　侵害かどうかあやふやなまま踏み切ったとは思えません」

「確かに普通は踏み切らない。でもパテント・トロールにとっては侵害してるかどうかより、大騒ぎにできるかって観点のほうが重要なんだろう。騒ぎになればなるほど、こちらは急いで収束させようと言い値の和解金を呑む可能性が高くなる。向こうだってうちが

『限りなくクロ』ってところまでは推測できているわけだし、もし万が一疑いがまったくの的外れだったとしても、今宮食品が勝手に暴走した、自分たちは騙《だま》されたとでもなんでも言って逃げればいいしな」

「そんな」

であればあのワイドショーに出ていた社長は利用されているのか。無知を逆手《さかて》に感情を増幅させられて、誤った正義の上で踊らされているのか。

そんな話ってあるだろうか。

「そもそもパテント・トロールは相手企業を必要以上に詳しく調べたり、製法の特許を侵害してるかどうかを時間をかけて精査したりなんてしないだろう。コストが嵩《かさ》むから」

「コストの問題なんですか?」

「企業なんだからコストは大事でしょ。僕らのようなターゲットにされた企業側だって同じだよ。世間は事実なんてどうでもいい、ただわかりやすい悪を探して叩きはじめる。早く事態を収束させなければ評判は日に日に落ちていく。でもきちんと潔白を証明するには、時間も人手もかかる。となったら、営利企業はどういう判断になる?」

潔白を証明するにはコストと時間がかかり、証明されるのを待つうちにも事態は悪化していく。ならば。

「まったくの言いがかりだとしても、とにかく世間を納得させるために、糾弾されたままに和解金を払ってしまう……」

「それが一番安上がりなら、経営陣はそうするよ」

「でも知財部は――」

「企業を存続させるっていう重要な経営判断の前では、知財部の意見なんてひとつの選択肢にすぎない。それが客観的に正しいとしてもだ。ビジネスってそういうものでしょ」

亜季は言葉を呑みこんだ。

そうだ、そういうものだ。仮に潔白だったとしても、こんな騒ぎを起こされた時点で『うちが悪かった』と頭をさげてしまう経営者はいる。そしてそれは必ずしも間違っているわけではない。いかに和解金が莫大な金額だとしても、それが戦いにかかる総額より低いのならば、さっさと屈して和解してしまうことこそビジネスとして正しい。

そしてパテント・トロールは、そういうビジネス的な判断を誘うように立ち回っている。和解金を払うほうが結果的に得だと相手側に認識させようとしている。正しいとか正しくないとか、正義とか悪だとかはビジネスに関係ないという当然の前提のうえで、大金を得られるようにことを運んでいる。

「だからパテント・トロールが主体的に、コストをかけて僕らの内部情報を盗んだ可能性なんて、もとから極めて低いと僕は睨んでる。パテント・トロールはそんな面倒はしない。パテント・トロールだからこそしない」

「効率が悪いからですか。そんなところに労力を払ってもコストがかかってリスクがあがるだけ。それよりさっさと払ってくれそうな企業に目を向けたほうがいい」

「そのとおり」

なるほど。ある意味、正しくビジネスに則《のっと》って動いているのがパテント・トロールなのかもしれない。

「まあこれはあくまで僕の考えで、本当のところはわからないけどな。意図せずうっかり喋った人間がいないとも限らないし」

「いえ、今の話を聞いて気がつきました。北脇さんの言うとおり、瀬名君は侵害の確たる証拠なんて握ってないと思います。見切り発車で今回の騒ぎを起こしているはずです」

言い切った亜季を、北脇は驚いたように見やった。

「なにかそう確信できる理由があるの？」

はい、と亜季は深くうなずく。もちろんある。

「実は瀬名君、月夜野ドリンクが『苦み特許』を本当に侵害しているのか、わたしから引きだそうとしていたんです」

「瀬名良平が？」

北脇は意外そうに目を細める。

「間違いないと思います。だってわたし、もうすこしで『侵害可能性はあるけど、無効鑑定がとれたから大丈夫』とか口走りそうになって、慌てて言うのをやめたんです。ということは瀬名君が本当にこの件に関わっているとして、実際月夜野ドリンクが侵害してるかどうかの確実な証拠なんて握ってない」

北脇の読みどおり、総合発明企画は確実な証拠なくとも、誰も情報を漏洩していなくとも、こういう手に出た可能性が高いのだ。

「……なるほど」

「でも、だとしたら謎じゃないですか？　あんな派手な騒ぎを証拠もないのに起こしたあとになって、どうしていまさら侵害が事実かはっきりさせたかったんだろう」

北脇は少々考えこんで口をひらいた。

「瀬名良平は若くて経験が浅い。総合発明企画ではおそらく唯一の食品系の人員で、これがはじめての担当案件だろう。確実に大きな成果を得たいと考えたんじゃないか」

「それでこちらが間違いなく侵害しているのか気になって、わたしから情報を引きだそうとしたってことですか」

「僕らに後ろ暗いところがあるほうが、和解金の額を思いきりつりあげられるし、協議も有利になる。確証を得て安心したいんじゃないか」

そうか。だから瀬名はわざわざ会いに来たのか。亜季が心配なふりをして。亜季が簡単に話してしまうと思って。

「……安心のために、わたしを利用しようしたんですね」

「許せない？」

「もちろん許せません」

つくづく舐められている。あの観覧車から何年も経ったというのに、いまだに亜季を便利な道具かなにかだと思っている。踏み台として扱ったところで気づきすらしないと侮《あなど》っている。それは心の底から許せない。

だが亜季は、怒りの上に笑みを乗せた。

「……でもおかげで、ちょっといい案を思いつきました。もしかしたら退職願を出すなんかより何倍も、熊井さんを援護できるかもしれない」

瀬名の安心を逆手にとって、状況をクリアにできるかもしれない。

事態を動かせるかもしれない。

と、

「奇遇だな」

と上司も口の端をもちあげた。

「僕もいい案を思いついた。藤崎さんの潔白を証明して、かつ経営陣をうまく説得できる可能性がある」

その表情を見て亜季は、今自分たちが同じ作戦を思い浮かべているのだと悟った。

そうだ、やってみる価値はある。意味がないかもしれない。山は動かないかもしれない。でもなにかが変わる可能性はあるし、すくなくともこれは、亜季でなければできない仕事なのだ。

「だけど大丈夫なの、藤崎さん」

「望むところです」

はっきりと答える。今まで瀬名を、瀬名の置いていった思い出を怖がっていた自分が馬鹿みたいに思えてくる。それほどの小物だったのだ。そんな人間に人生を縛られて、左右されて、言いたいことも言えずにいた。

でもそんなのもうやめだ。

はじめから諦《あきら》めて打席に入ったところで結末は決まっている。だからこの打席は粘《ねば》りに粘る。バットを振るまでおりるものか。空振りしたって構わない。後悔はしない。アウトになろうと、すべてが消えたりはしない。きっと今このときの関係は残る。

この絆はどんな形であれ残る。

そう信じることができる。

「それよりもどうでしょう、これで社長たちをちゃんと説得できるでしょうか」

「絶対できるとは言えないな」と北脇は普段どおりに切って捨ててから、身を乗りだして熱っぽく続けた。

「でも理屈と感情がうまく嚙みあえば、なんとかなるんじゃないか。僕らはいつでもそうしてきたでしょ」

亜季は目をみはった。

すこしのあいだ見つめ合って、それから勢い込んで言った。

「瀬名君に、会いに行きましょう」

北脇はうなずいた。いつものちょっと得意げな笑みを浮かべて、手早くシートベルトを締めはじめた。

「行ってみよう」

主要参考文献

『改正意匠法　これで分かる意匠（デザイン）の戦略実務　改訂版』藤本昇監修（発明推進協会）
『特許侵害訴訟（第2版）』森・濱田松本法律事務所編　飯塚卓也・岡田淳・桑原秀明著（中央経済社）

産業財産権法および特許庁の実務についてE氏より、メーカーの知財戦略および実務についてM氏より、多大なるアドバイスをいただきました。心より感謝いたします。

作中に実在の法律および事件を引用していますが、この物語は、作者の意図の有無にかかわらず、事実と異なる部分があるフィクションです。

※この作品はフィクションです。実在の人物・団体・事件などにはいっさい関係ありません。

集英社オレンジ文庫をお買い上げいただき、ありがとうございます。
ご意見・ご感想をお待ちしております。

● あて先
〒101-8050　東京都千代田区一ツ橋2-5-10
集英社オレンジ文庫編集部 気付
奥乃桜子先生

それってパクリじゃないですか？ 3
〜新米知的財産部員のお仕事〜

集英社
オレンジ文庫

2023年9月24日　第1刷発行

著　者　奥乃桜子
発行者　今井孝昭
発行所　株式会社集英社
〒101-8050東京都千代田区一ツ橋2-5-10
電話【編集部】03-3230-6352
【読者係】03-3230-6080
【販売部】03-3230-6393（書店専用）
印刷所　凸版印刷株式会社

ISBN 978-4-08-680518-6 C0193